Meurtre en plein air

Un mystère Little Firling – Livre 7

Par Belinda Chavremootoo

Dédicace

Pour chaque chat qui a déjà résolu un mystère tranquillement avant que les humains ne le rattrapent. Spécialement pour une.

Droit d'auteur du texte

© 2025 Belinda Chavremootoo

Première édition

Bientôt disponible : Meurtre dans les marées

Un mystère Little Firling – Livre 8

Un corps à la dérive.

Une erreur de direction dans l'eau.

Et un meurtre qui n'a jamais été destiné à atteindre le rivage.

Quand Annabel, Evie et Perséphone découvrent la femme face contre terre dans les roseaux, elles s'attendent à ce que des réponses suivent.

Mais personne ne la connaît.

Personne n'a signalé sa disparition.

Et l'eau dans ses poumons... n'appartient pas à la rivière.

Les marées ont emporté plus que des secrets.

Ils ont apporté la mort.

Table des matières

Prologue

Il y a vingt ans

Briarley Estate, Nuit d'été

La première fois que la pièce a été jouée à Briarley, les roses ont fleuri tard et la tempête est arrivée tôt.

La pelouse avait été aménagée pour un rêve : des rideaux de velours pendaient entre les arbres, des lanternes en papier se balançaient sur les branches du verger, et quelqu'un avait même éparpillé des pétales de fleurs sauvages le long des allées de fortune. C'était censé être un cadeau. Une fête. Une nuit de légèreté et de rires avant que tout ne change.

Mais rien n'est resté clair longtemps.

Pas ici.

Pas à Firling.

***

Dans les coulisses – bien que personne ne l'ait appelé ainsi à l'époque – une fille se tenait à l'ombre du mur du jardin ; son costume déchiré légèrement à la manche. Elle pressa son script contre sa poitrine comme s'il pouvait stabiliser son rythme cardiaque.

Du chemin du verger, quelqu'un d'autre courait. Tard. Essoufflé.

Des murmures s'élevaient comme de la fumée. Accusations. Regrets.

Le public a applaudi une fois – deux fois – puis s'est tu.

Quelque chose avait mal tourné.

Pas fort.

Mais assez.

***

Plus tard, quand les lanternes eurent brûlé et que le tonnerre fut passé, il y eut des questions.

De ce qui avait été dit en dehors de la scène.

De ceux qui étaient partis tôt et ceux qui n'étaient jamais partis du tout.

Sur la raison pour laquelle la pièce n'avait jamais été rejouée.

Jusqu'à maintenant.

Chapitre 1

Les jardins de Briarley Estate étaient en fleurs. Les roses s'enroulaient sur les treillis d'un rougissement provocateur, la lavande bourdonnait d'abeilles comme des commérages sur des ailes, et les roses trémières se dressaient comme si elles jugeaient tout ce qui se trouvait en dessous. L'air sentait la peinture, les pétales et l'anticipation – le genre qui s'accrochait à la peau encore plus obstinément que la chaleur.

Annabel Lennox Deighton ajusta son chapeau de soleil et regarda depuis le bord de la pelouse, un carnet à la main, son siège habituel d'observation silencieuse. Cela faisait un peu plus d'un an qu'elle était arrivée à Little Firling. Assez longtemps pour savoir qui a mis de la crème ou de la confiture en premier sur ses scones. Assez longtemps pour être invitée à des choses sans soupçon. Mais pas assez longtemps pour arrêter de poser le genre de questions que d'autres évitaient.

Surtout aujourd'hui.

Le *Songe d'une nuit d'été* – en plein air, entièrement distribué, éclairé par des professionnels et un peu trop ambitieux pour un village de 800 habitants.

C'était la première fois qu'une pièce de théâtre était mise en scène sur le

terrain du domaine Briarley depuis plus
de deux décennies.

Personne n'a vraiment dit pourquoi.

***

Elle a scruté les acteurs à leur arrivée.
Les visages familiers n'avaient pas besoin
d'être présentés. Clarissa Fairmont,
ancienne soprano d'opéra et reine
autoproclamée du théâtre, a déferlé sur
l'herbe comme si elle avait été convoquée
par le tonnerre. Jasper Wyatt, de la
boulangerie, portait trois planchettes à
pince et un visage sérieux plein de nerfs.
Bettany Marlowe était déjà près de la
rampe à costumes, silencieuse comme

toujours, réparant quelque chose bien avant qu'il n'ait eu le temps d'être déchirer. Kitty Simmons était assise sous le mûrier, le cahier ouvert, le regard détourné de la pelouse trop souvent pour être accidentelle.

Mais ce ne sont pas les villageois qui ont fait Annabel réfléchir.

C'étaient les *autres*.

Ils n'étaient pas à Little Firling au printemps dernier. Ou l'hiver. Ou jamais, pour autant qu'on s'en souvienne. Et pourtant, ils étaient là, parsemés parmi les acteurs et l'équipe, tous avec des sourires polis et de vagues explications.

Olivia Vale, qui jouait Helena, était arrivée avec trois valises assorties et le genre d'énonciation londonienne qui faisait aboyer les chiens du village. Victor Lang a dit qu'il faisait partie de l'ancienne équipe technique de Theo Harper, mais il avait interrogé le propriétaire du pub, Bernard Harper, sur les fondations du domaine. Delphine Ray a prétendu être une vieille amie de Juliette Hayes, bien que Juliette, notamment, ne l'ait pas présentée. Et Leo Marks ? Il était trop charmant, trop silencieux et prenait trop de notes qui ne semblaient pas avoir quelque chose à voir avec la pièce de théâtre.

Ils étaient tous là pour la pièce.

Soi-disant.

Mais Annabel avait enseigné suffisamment de tragédie pour reconnaître un casting qui ne disait pas toutes ses répliques à haute voix.

***

Au centre de tout cela se tenait Theo Harper. Directeur de théâtre londonien. Rapatrié local. Et vraiment l'homme du moment.

Il portait des lunettes de soleil trop foncées pour le temps, une écharpe trop longue pour juillet et un sourire qui n'atteignait jamais vraiment ses yeux.

« Annabel, ma chérie , » appela-t-il en s'avançant vers elle, les bras tendus.

« N'est-ce pas *divin* ? C'est exactement comme je l'imaginais. »

« Quelle partie ? » demanda-t-elle en ajustant son stylo. « Les roses sauvages ou l'angoisse existentielle ? »

Théo rit trop fort. « Oh, ton esprit m'a manqué. »

« Tu n'es pas parti assez longtemps pour manquer quoi que ce soit , » a-t-elle dit platement.

Il lui fit signe de s'éloigner. « L'art nous emmène loin, ma chérie. De plus, cette pièce n'est pas seulement de la nostalgie. C'est le début de quelque chose. Le monde regarde plus que vous ne le pensez. »

C'est ce qui l'a déstabilisée.

Le bourdonnement silencieux de quelque chose de plus grand.

Pas seulement une pièce de théâtre. Pas seulement Firling.

Quelque chose d'autre se déroulait ici – quelque chose de cousu entre les lignes de Shakespeare et l'ombre des vieux arbres du domaine. Quelque chose d'argenté. Soigneusement positionné. Peut-être même filmé.

Elle avait entendu l'un des nouveaux arrivants demander si la pelouse arrière était « insonorisée ».

Quel type de théâtre de village avait besoin d' *être insonorisé* ?

***

Evie arriva à côté d'elle, bloc-notes à la main, lunettes de soleil surdimensionnées et une paille sortant d'un thermos étrangement rose.

« Theo a encore réécrit l'entrée d'Oberon , » marmonna-t-elle. « Clarissa menace d'organiser une révolte. Et quelqu'un a peint le trône de Titania en mauve. *Mauve*, Annabel. Nous sommes à deux arguments d'un match en cage shakespearien.

« Et pourtant, » dit Annabel, les yeux scrutant à nouveau la pelouse, « quelque chose me dit que ce ne sera pas la pire partie de la production. »

Perséphone s'enfonça dans le chemin et se pelotonna à côté d'une caisse de faux lierre. Elle cligna des yeux une fois. Lentement.

Quelqu'un hors scène a chuchoté une phrase qui n'était pas dans la pièce :

« Toutes les fées n'apportent pas d'émerveillement. Certains sont porteurs d'avertissement. »

Annabel tourna brusquement la tête.

Il n'y avait personne.

Pas encore.

Chapitre 2

Au moment où l'entrée de Titania a été annoncée pour la deuxième scène, Clarissa Fairmont s'est précipitée sur la pelouse avec la subtilité d'une diligence en feu.

« Qu'est-il arrivé, tonna-t-elle, à ma couronne ? »

Tout le monde s'est figé.

La couronne – un cercle délicatement ouvragé de lierre doré, de perles scintillantes et de ce que Clarissa avait décrit comme *« la vérité émotionnelle sous forme accessoire »* – n'était pas sur la rampe du costume où elle l'aurait laissée.

« Je l'ai placée ici , » a-t-elle déclaré,
en montrant un carré d'herbe
indescriptible, « à côté de ce tragique tas
de fausse verdure. Et maintenant, il a
disparu. *Disparu.* C'est d'ailleurs ce qui
est arrivé à la dignité du théâtre lorsque
les gens ont commencé à choisir des
influenceurs... »

Théo applaudit une fois, vif et
théâtral. « Mesdames et messieurs, s'il
vous plaît. Les accessoires bougent. Les
vies évoluent. Nous ne devons pas être
déraillés par une couronne. »

Clarissa se retourna lentement ;
sourcil levé comme une guillotine.

« Vous voulez que j'incarne une reine
des fées sans sa couronne ? » demanda-t-

elle, la voix tremblante d'une juste indignation. « C'est comme demander à Prospero de conjurer sans son bâton. Ou me demander de transmettre la passion tout en étant vêtue de cette *nuance* de mauve. »

« Tu *as choisi* cette teinte , » marmonna quelqu'un près de la table d'harmonie.

Clarissa les ignora. Elle s'est tournée vers Annabel.

« Professeure Deighton. Que dit Shakespeare du sabotage artistique ? »

Annabel ne leva pas les yeux de ses notes. « Que cela précède une chute. »

Clarissa souffla. « Citer les Proverbes au milieu d'une répétition. Nous sommes vraiment en déclin. »

***

Evie apparut à côté d'Annabel, un bloc-notes dans une main, des gommes de vin dans l'autre.

« Deux pièces d'argent. Je dis que la couronne va se retrouver plus tard sur son propre miroir , » murmura-t-elle.

« Je ne prends pas ce pari , » a répondu Annabel.

Perséphone trotta sur la pelouse, la queue levée comme un point d'exclamation, et commença un cercle lent et enquêteur autour du banc d'hélices.

Puis elle s'arrêta, tout son corps raide.

Une seconde plus tard, elle siffla et sauta en arrière.

Annabel se leva immédiatement. « Perséphone ? »

Evie se retourna. «Ça sonnait... pointu. »

Ils se sont dirigés vers la source du sifflement : une caisse renversée remplie de faux lierre et de vieux morceaux de costume. Au milieu du désordre, il y avait une enveloppe à moitié ouverte, jaunie, recroquevillée sur les bords et portant une odeur si épaisse qu'elle semblait presque visible.

Annabel le ramassa avec précaution.

Ça sentait les vieilles loges de théâtre – des fleurs enivrantes, de la poudre et un soupçon de quelque chose de piquant. Un parfum que personne ne portait plus. Ou ne devrait pas.

Evie se pencha. « Ce n'est pas du parfum. C'est... un ancêtre. »

À l'intérieur de l'enveloppe n'était rien d'autre qu'une seule violette séchée. Pressée à plat. Conservée intentionnellement.

Sur le devant, un mot était griffonné d'une écriture élégante et délavée :

Hannah.

***

Plus tard, alors que les fées se disputaient pour savoir où se tenir et que Puck trébuchait accidentellement sur une lanterne tombée, Annabel s'assit avec Bettany Marlowe sous le bord du verger.

Les doigts de Bettany passèrent une aiguille dans un ourlet, ses mouvements fluides et entraînés. Elle n'avait pas parlé pendant l'agitation précédente. Elle ne l'a jamais vraiment fait.

« Vous savez, ce n'est pas la première fois qu'ils montent une pièce ici, » a-t-elle dit doucement.

Annabel regarda par-dessus. « J'ai entendu ça. »

« Il y a une raison pour laquelle personne n'en parle. »

Bettany a noué le fil. Ses yeux restèrent sur le tissu.

« Ça ne s'est pas bien terminé. »

Annabel inclina la tête. « Étiez-vous...

Mais Bettany s'est levée avant de pouvoir terminer. Tranquillement. Gracieusement. Et a laissé l'ourlet inachevé.

***

Ce soir-là, la cuisine du Honeystone Cottage était chaude avec du romarin et des courgettes rôties. Annabel se déplaçait entre le four et le comptoir comme quelqu'un qui résout une énigme à travers les ingrédients. Elle cuisinait quand elle avait besoin de réfléchir. L'avait toujours fait.

Evie s'appuya contre le bloc du boucher, essayant de trancher les tomates sans les mutiler.

« Je dis toujours que l'affaire de la couronne était délibérée , » a-t-elle déclaré. « Clarissa s'épanouit dans des petits chaos. Elle est comme une pivoine avec des dents. »

Annabel remua les légumes. « Elle était plus théâtrale que d'habitude. »

« Elle s'est comparée à Obéron et à Élisabeth I *dans le même souffle.*»

« Ce n'est pas inhabituel pour elle. »

« Non, mais la réaction de Victor a été , » a déclaré Evie. «L'as-tu vu pendant la scène ? Il ne regardait pas Clarissa. Il regardait *Theo*. »

Annabel ne répondit pas. Elle attrapa son cahier, l'ouvrit sur la table et en sortit l'enveloppe qu'ils avaient trouvée.

« Tu n'arrives toujours pas à arrêter d'y penser ? » demanda Evie en la rejoignant.

Annabel hocha la tête. « Le parfum. La fleur séchée. L'écriture. »

«Et le nom. Hannah. » Evie fronça les sourcils. «Nous ne connaissons pas d'Hannah, n'est-ce pas ? »

« Pas que je m'en souvienne. »

Perséphone sauta sur la commode, cligna des yeux une fois et s'étira dans une longue boucle de scepticisme félin.

Annabel retourna l'enveloppe dans ses mains. « Cela n'a pas de sens de laisser quelque chose comme ça dans une caisse d'accessoires. Cela semble intentionnel. Comme si quelqu'un voulait qu'il soit retrouvé. »

« Ou quelqu'un voulait le rappeler à quelqu'un d'autre. »

Elles mangèrent en silence pendant un moment, le vin frais contre la chaleur de la pièce.

Dehors, le village était immobile, à l'exception du bruit occasionnel de rires tardifs qui s'échappaient de la route —

juste un peu trop fort pour le calme de la nuit.

« Tu sais, » a déclaré Evie, « certains membres de la distribution ne jouent pas. Pas vraiment. »

Annabel leva les yeux.

« Ils ont regardé aujourd'hui comme si c'était plus qu'une répétition, » a poursuivi Evie. « Comme s'ils attendaient de voir si quelque chose allait se passer. »

Annabel ne sourit pas.

« Comme s'ils étudiaient une *scène.* »

Chapitre 3

Au moment où Annabel sortit ; Elle le sentait : le village avait commencé à bourdonner.

Pas de la manière lumineuse et joyeuse qu'il avait avant les fêtes ou les foires de printemps. C'était le bourdonnement sourd et persistant de la curiosité qui fermentait.

À l'extérieur du bureau de poste, Ronnie Parkes ajustait la chaîne de son vélo tout en ne parlant à personne en particulier.

« Je ne dis pas qu'ils préparent quelque chose , » a-t-il marmonné, assez fort pour être entendu, « mais quand l'un d'eux demande si le domaine a des chambres souterraines, vous commencez à vous demander si nous n'avons pas accidentellement lancé un thriller d'espionnage. »

Il leva les yeux quand Annabel s'approcha, souriante. « Bonjour, professeure. Vous survivez aux pièces de théâtre ?

« Jusqu'à présent , » a-t-elle dit. « Bien que le scénario ne le soit peut-être pas. »

« On dit que quelqu'un a réécrit une scène pour y inclure de la glace sèche et une puissante ballade. »

Il se pencha plus près. « Et je ne dis pas qui, mais ça rime avec *Barissa.*»

***

La promenade à travers le village était un défilé de regards de travers et de désapprobation polie déguisée en bavardage. À l'extérieur de la boulangerie, Mme Gilchrist se demandait si la voix d'Olivia Vale était « naturellement si chic » ou juste pour le spectacle. Quelqu'un chez l'épicier avait apparemment vendu six bouteilles de gin à la fleur de sureau en trois jours – le stress des répétitions, sans aucun doute.

Mais ce n'est que lorsqu'Annabel est entrée dans le pub du Lièvre et le limier que le véritable pouls de Little Firling s'est fait connaître.

***

C'était au milieu de la matinée, mais déjà trois habitués étaient assis près de la cheminée en train de prendre le thé avec l'intensité tranquille d'hommes se préparant à critiquer un spectacle auquel ils n'avaient pas l'intention d'assister.

Au bar, Henry Griggs, le barman, préparait une cafetière fraîche. Bernard Harper, comme d'habitude, était en train de polir un verre qui n'en avait probablement pas besoin.

« Bonjour , » dit Annabel.

« De retour pour le deuxième tour ? » a demandé Bernard.

« J'ai pensé que je pourrais prendre le thé avant que quelqu'un d'autre ne fasse un monologue. »

Henry versa sans demander.

De l'autre côté de la pièce, Celia Ward, de l'institut des femmes, était penchée sur une table d'un air conspirateur, parlant juste assez fort pour être entendue.

« Ils disent que c'est différent cette fois-ci, » disait-elle. «Plus professionnel. Plus poli. Mais je me souviens de la dernière fois que nous avons fait du théâtre à Briarley. Je me souviens de la façon dont cela *s'est terminé.*»

L'un des autres à sa table se pencha.
« Quelqu'un n'est-il pas tombé de la scène ? »

Celia renifla. « Personne n'est tombé. Les gens *sont partis.* Soudainement. Tranquillement. Et ils ne sont pas tous revenus. »

Il y eut une longue pause. Alors:

« Je n'en parle pas , » a déclaré Celia. « Ce n'est pas ma place. »

Mais elle n'a pas arrêté de parler non plus.

***

Annabel sirota son thé. Dehors, le soleil avait changé, projetant de longues ombres sur la verdure du village.

Elle se leva pour partir, hochant la tête à Bernard – qui lui rendit le plus léger des hochements de tête, comme un homme qui en savait déjà plus qu'il ne le voulait.

C'est en se tournant vers la porte qu'elle l'aperçut.

Épinglé au tableau en liège du Lièvre et le limier, niché entre un prospectus pour la danse de salon et un avis sur les spectacles perdus, se trouvait un programme en papier.

Vieux. Jauni sur les bords. Légèrement bouclé.

« *Le Songe d'une nuit d'été - Briarley Estate Players - Gala d'été, 2003.* »

Annabel s'approcha. La liste des acteurs était effacée, l'encre saignait sur les bords. Elle scruta les noms.

Et s'est arrêtée.

Près du bas.

Assistant régisseur : L. Ashcroft.

Un nom que personne n'avait mentionné cette semaine.

Mais elle l'avait vu – griffonné dans le cahier de Theo hier après-midi, à peine visible sous son écharpe pendant une pause de répétition.

Et ce matin, Leo Marks avait sorti quelque chose de sa poche à l'extérieur du bureau de poste – rapidement, comme

34

s'il ne voulait pas qu'elle le voie. Elle n'avait pas vu le nom complet, mais la courbe de l'écriture était... familière.

Elle se tourna vers Bernard. « Qui a épinglé cela au tableau ? »

Il n'a pas levé les yeux. « Aucune idée. Il n'était pas là hier. »

***

Dehors, la brise emportait le parfum des roses et de la pluie.

Perséphone attendait sur le rebord de la fenêtre de Honeystone Cottage, la queue battante, le regard fixé vers Briarley.

Toutes les performances n'ont pas commencé sous les projecteurs.

Certains ont commencé dans le coin d'un pub, sous une boucle de papier, avec un nom qui ne devrait pas y être.

Chapitre 4

Le deuxième jour de répétitions a commencé avec Clarissa refusant de sortir de la tente jusqu'à ce que quelqu'un trouve sa « broche de soutien émotionnel , » et un enfant fée pleurant parce que quelqu'un d'autre avait mangé le dernier yaourt à la fraise.

À dix heures et demie, le soleil faisait déjà fondre le maquillage et la patience dans la même mesure.

Annabel avait apporté sa propre chaise aujourd'hui – une toile pliante, solide – et l'avait placée précisément à deux mètres du bord de la scène temporaire. Elle l'a appelée sa « zone neutre ». D'autres l'ont qualifié de sinistre.

Perséphone, étendue à ses pieds comme un ruban enroulé de jugement félin, avait déjà sifflé deux fois et n'avait pas cligné des yeux une seule fois.

***

Théo se tenait au centre de la scène ; les bras levés comme Moïse ordonnant un changement de scène.

« Mesdames et messieurs, » a-t-il dit, « la scène de la forêt est sacrée. C'est là que la magie prend racine. Nous ne pouvons pas – *ne devons pas* – trébucher comme un groupe de touristes dans une jardinerie. »

« Dis ça au scarabée dans ma manche , » marmonna Jasper.

Olivia s'avança, le script d'Helena flottant dans une main.

« Je pense toujours que les lumières des fées devraient pulser au rythme de la langue , » a-t-elle déclaré. « Nous perdons la poésie. »

« Nous perdons la volonté de vivre , » a dit quelqu'un d'autre dans sa barbe.

***

Annabel prit des notes tranquillement. Et a observé.

Leo Marks se tenait près de la cabine de son, mais il n'ajustait rien. Il n'a même pas fait semblant de prendre des notes aujourd'hui. Au lieu de cela, il n'arrêtait pas de jeter un coup d'œil à travers la pelouse – non pas vers les acteurs, mais vers la limite des arbres.

Annabel suivit son regard. Rien ne bougea. Pas encore.

Elle retourna son cahier pour en faire une page blanche. La première ligne se lisait simplement :

L. Ashcroft.

***

Au milieu des répétitions, une pause a été demandée lorsque la mauvaise version du deuxième acte est apparue dans la moitié des scripts.

Juliette traversa la pelouse en trombe, tenant d'une main les pages incriminées et de l'autre un croissant à moitié mangé.

« Ce ne sont pas mes copies , » a-t-elle aboyé à Theo.

« Elles viennent de votre imprimeur, » répondit-il sans se retourner.

« Je n'ai jamais ajouté un monologue sur la peur des oiseaux d'Obéron. »

Clarissa est apparue derrière une toile de fond et a dit à haute voix : « J'ai plutôt aimé ça. »

Théo se retourna lentement. « Nous faisons du *Shakespeare*, pas de la thérapie de traumatisme en vers libres. »

Annabel l'observa attentivement.

Son visage avait légèrement rougi. Son sourire était fragile sur les bords.

Quelqu'un avait touché le script.

Quelqu'un l'avait édité – et ce n'était pas la première fois.

***

Pendant la pause, Annabel s'est promenée derrière les tentes de plateau. Le sol était plus mou ici, foulé par des empreintes de pas. Les arbres projetaient de longues ombres, malgré le soleil du matin.

Une bouilloire bouillait sur la table à thé. Personne ne se tenait à proximité.

Annabel plongea la main dans son cartable et en sortit le vieux programme. Le nom était toujours là. *L. Ashcroft.*

Elle l'a retourné.

Quelqu'un avait écrit au crayon, faiblement mais délibérément :

« La vérité n'est jamais silencieuse. Elle attend sa réplique. »

***

« Annabel ? »

Elle leva les yeux.

Bettany se tenait à quelques mètres de là, une pile de retouches de costume dans les bras.

« Puis-je vous aider ? »

Annabel sourit poliment. « Juste en train d'éviter un autre discours sur le symbolisme de la forêt. »

Les yeux de Bettany se baissèrent sur le papier dans la main d'Annabel.

Pendant un instant, son visage ne bougea pas.

Puis elle se retourna et s'éloigna sans dire un mot de plus.

***

Annabel plia le programme et le rangea dans son sac.

Derrière elle, Perséphone laissa échapper un grognement sourd. Pas un sifflement – plus profond. Comme un avertissement.

Quelqu'un avait changé le script.

Quelqu'un ne voulait pas que le passé reste enterré.

Et quelqu'un regardait le spectacle plus attentivement qu'il ne le devait.

Chapitre 5

L'air avait changé.

Le deuxième jour de répétitions avait commencé plus frais – une brise tourbillonnait entre les arbres autour de Briarley Estate, tirant sur le bord des toiles de fond et éparpillant des pages qui n'avaient pas été correctement lestées.

Annabel avait remarqué que les acteurs étaient plus silencieux. Moins de postures. Clarissa elle-même s'était abstenue de se citer à la troisième personne. Quelque chose dans l'atmosphère était devenu immobile.

***

Elle trouva Bernard juste à côté de la pelouse, derrière la table des boissons, coupant méthodiquement des citrons en quartiers comme s'ils l'avaient personnellement offensé.

« Un peu tôt pour les cocktails, n'est-ce pas ? » a-t-elle demandé.

Il n'a pas levé les yeux. « Ils ont demandé de l'eau de concombre, » murmura-t-il. « Concombre. Ce n'est pas un spa. C'est un village. »

Annabel sourit, puis baissa la voix.

« Avez-vous vu le programme que j'ai trouvé dans le pub ? »

Il a hésité – juste une fraction de seconde – puis a continué à trancher.

« Ce n'était pas à moi de le trouver , »
a-t-il dit.

« Mais quelqu'un l'a épinglé. »

Bernard leva enfin les yeux.

« Je ne sais pas qui l'a mis là. Je n'ai
pas demandé. Et si vous êtes intelligent,
vous ne le ferez pas non plus. »

Il y avait du poids là-dedans. Du
poids ancien.

Annabel l'étudia. « L. Ashcroft. Elle
travaillait sur l'ancienne production,
n'est-ce pas ? »

Il s'essuya les mains sur un chiffon.
« Elle l'a fait. D'autres aussi. Aucun
d'entre eux n'est resté. »

« Pourquoi ? »

Il ramassa un citron frais.

« Certaines histoires n'aiment tout simplement pas être racontées deux fois. »

***

La répétition reprit lentement. Voix plates. Blocage guindé. Même Theo était modéré – vérifiant son téléphone plus souvent que ses signaux.

Puis une caisse est apparue près de la table des accessoires. Non marquée. Non répertoriée. Non réclamée.

Théo la regarda, fronça les sourcils et se tourna vers Juliette. « Avez-vous sorti cela de l'entrepôt ? »

Elle secoua la tête. « Je n'ai pas été près du hangar aujourd'hui. »

« Eh bien, quelqu'un... »

Clarissa laissa échapper un soupir soudain.

Elle avait ouvert la caisse.

À l'intérieur, il y avait un gilet de velours vert délavé, les bords effilochés, les boutons dépareillés. Une pièce de costume. Vieux. Et cousu juste à l'intérieur du col, en fil pâle :

H.M.

Personne n'a parlé.

Puis Grace, silencieuse jusqu'à présent, recula si brusquement que son talon s'accrocha à une pierre. Elle a trébuché. S'est rattrapée.

Annabel s'avança vers elle. « Êtes-vous... ? »

« Je vais bien, » a dit Kitty rapidement. Trop rapidement.

Elle se retourna et s'éloigna sans un mot de plus.

Théo regarda à nouveau dans la caisse. « Qui est bien H.M. ? »

Personne n'a répondu.

***

Cet après-midi-là, dans le Lièvre et le limier, Ronnie a dit à Henry que quelqu'un avait été vu à la gare la nuit précédente. Se tenant juste debout. Regardant la plateforme.

« Il n'a pas embarqué, » a-t-il dit. « Il n'est pas descendu non plus. Il a juste attendu. Il a demandé si le train pour Londres était à l'heure. Puis a disparu. »

« Visiteur ? » demanda Henry.

« Étranger , » a répondu Ronnie.

Il n'en a pas dit plus. Mais le mot restait là comme une note qui n'avait pas encore été résolue.

***

À Honeystone Cottage, les fenêtres étaient fermées pour se protéger du froid et la bouilloire avait commencé à marmonner. Perséphone était assise comme une reine près de la bibliothèque, la queue ondulant avec une légère désapprobation.

Annabel étala ses notes sur la table de la cuisine.

Le programme.

Les modifications.

La citation : *La vérité n'est jamais silencieuse. Elle attend sa réplique.*

Elle ouvrit le script de Theo, feuilletant à nouveau la scène de la forêt.

Là, une seule ligne, subtilement modifiée.

« Car les dragons rapides de la nuit coupent les nuages rapidement »

... s'écrivait maintenant comme suit :

« Les dragons de la nuit tournent en rond, mais la vérité brûle plus vite. »

Pas de stylo rouge. Pas de note. Mais la courbe de l'écriture... C'était précis. Académique.

Elle l'avait déjà vu.

***

Alors qu'elle s'asseyait, la porte grinça. Pas ouverte - juste... grinça.

Puis, doux comme un souffle, quelque chose glissa dans la boîte aux lettres et atterrit sur le tapis.

Annabel se leva. Il traversa la pièce et l'a ramassé.

Pas d'enveloppe. Juste un bout de papier plié.

À l'intérieur, une ligne :

« *Certaines vérités n'attendront pas
l'acte cinq.* »

Chapitre 6

Le troisième jour de répétitions a commencé tard.

Théo est arrivé après tout le monde, ce qui en soi était suffisant pour changer l'ambiance. Il portait le même foulard que la veille, enveloppé plus étroitement que le temps ne l'exigeait, et ses lunettes de soleil restaient en place même lorsque les nuages roulaient sur le soleil.

Annabel a chronométré tout cela – la façon dont il a tressailli sous les applaudissements pendant l'échauffement, la façon dont il a manqué un signal de Juliette et a fait semblant de ne pas l'avoir fait – mais elle n'a rien dit.

Elle se contenta de prendre sa chaise près du treillis, le cahier ouvert, Perséphone recroquevillée comme une ponctuation à ses pieds.

****

C'est Clarissa qui a craqué la première.

Ils diffusaient la scène où Titania voit Bottom pour la première fois – la partie où la magie et la folie commencent à se mélanger – lorsqu'elle s'est arrêtée à mi-chemin et a fixé la ligne des arbres.

Sa voix, habituellement composée d'un drame et d'un tonnerre, s'est adoucie.

« Vous savez, » dit-elle, presque comme pour elle-même, « c'est exactement comme ça qu'elle l'a joué. »

Les acteurs se sont calmés.

Annabel leva les yeux. Theo ne l'a pas fait.

« Qui ? » a demandé quelqu'un.

Clarissa cligna des yeux. Elle s'est rendu compte qu'elle avait parlé à haute voix. « Personne. Oublie ça. »

Juliette plissa les yeux. «Tu veux dire... *Hannah*, n'est-ce pas ? »

Silence.

Théo tourna la tête, juste légèrement. Sa mâchoire était serrée.

Clarissa secoua la tête une fois, brusquement. « Personne n'a prononcé

58

ce nom en vingt ans pour de bonnes raisons. »

« Mais elle était dans la production originale, n'est-ce pas ? » Demanda Jasper. « Je me souviens que ma mère disait... »

« Laisse tomber, » dit Theo.

Et juste comme ça, la répétition s'est terminée.

***

Annabel ne suivit pas les autres lorsqu'ils se dispersèrent pour prendre le thé et murmurèrent des excuses. Elle resta où elle était, le cahier ouvert, le nom d' *Hannah* déjà écrit deux fois.

Elle l'avait senti, comme si quelque chose s'était déplacé dans le sol sous le domaine. Comme un tremblement de mémoire.

***

Elle retrouva Theo plus tard, assis sur le bord de la scène de fortune, regardant vers les arbres.

« Tu devrais être à l'intérieur , » a-t-elle dit doucement.

« Je devrais être beaucoup de choses , » murmura-t-il.

Elle se tenait à côté de lui. A attendu.

Enfin, il a dit : « C'était le genre de fille qui faisait réfléchir les gens sur les chansons. Même s'ils ne chantaient pas. »

« Hannah ? »

Il hocha la tête.

« Elle n'était censée être là que pour l'été. Elle avait une voix de miel et un visage qui rendait même Clarissa nerveuse. Tout le monde l'aimait. Même s'ils ne le voulaient pas. »

« Et vous ? »

« J'avais seize ans , » a-t-il dit. « Elle m'a souri une fois et j'ai oublié mon propre nom. »

Il leva les yeux vers les branches au-dessus de lui. « Un soir, elle devait rencontrer quelqu'un. Elle m'a dit d'attendre sous les lilas. »

Les yeux d'Annabel s'écarquillèrent. « Attends... »

« J'ai attendu, » a déclaré Theo. « Elle n'est jamais venue. »

***

Plus tard dans la nuit, Annabel retourna à Honeystone Cottage, ouvrit son carnet et écrivit une seule ligne sous le nom d'Hannah :

« Elle était censée rencontrer quelqu'un. »

Elle en fit le tour deux fois.

Puis elle regarda l'autre billet, celui qui était arrivé sous sa porte la nuit précédente.

« Certaines vérités n'attendront pas l'acte cinq. »

Elle tourna la page.

Et a commencé à écrire une nouvelle liste de distribution.

Pas de personnages.

Mais de secrets.

Chapitre 7

Le Lièvre et le limier était plus silencieux que d'habitude pour une fin d'après-midi, mais l'air bourdonnait avec la même tension basse qui précédait toujours un orage – ou un scandale.

Annabel prit son thé près de la fenêtre, le cahier fermé, écoutant.

Henry était derrière le bar, en train de se réapprovisionner en eau tonique. Celia Ward et Mme Gilchrist étaient à leur table habituelle, buvant des thés qui avaient refroidi depuis longtemps. Ronnie s'assit à quelques tabourets de Bernard, qui faisait semblant de ne pas écouter tout en polissant le même verre

sur lequel il avait commencé ce matin-là.

***

Cela n'a pas pris longtemps.

Celia se pencha en avant ; voix basse

déjà aiguë de frisson.

« Je te l'ai dit, n'est-ce pas, Maureen ?

Je *t'avais dit* qu'elle reviendrait. Vous ne

pouvez pas simplement *effacer* une fille

comme ça. »

Mme Gilchrist renifla. »Je n'ai pas dit

qu'ils l'avaient effacée. J'ai dit qu'ils

n'avaient jamais dit la *vérité.* Il y a une

différence. »

Ronnie émit un son à mi-chemin entre une toux et un rire. «Vous étiez tous convaincus qu'elle s'était enfuie à Hollywood. Ou avait rejoint une secte. »

« Elle *aurait pu* le faire, » répliqua Celia.

« Des choses étranges se sont produites cet été-là. Et elle n'était pas d'ici. Des gens comme ça ne restent pas. Ils remuent la marmite et laissent quelqu'un d'autre nettoyer. »

Annabel sirota son thé. « Comment s'appelait-elle ? »

Tous les trois se sont figés.

Puis Celia a dit, un peu trop nonchalamment : « *Hannah.* Jolie petite chose. Un peu trop jolie, si vous voulez mon avis. »

***

« Elle n'était pas *faite pour* ici , » a ajouté Mme Gilchrist. « On ne laisse pas entrer une fille comme ça dans un village et puis s'attendre à la paix. »

« Que voulez-vous dire ? » demanda Annabel.

« Elle rendait les hommes nerveux. Et les femmes furieuses. Elle regardait les gens comme si elle lisait leur journal intime. Elle portait du rouge à lèvres rouge avant dix heures du matin et elle n'en rougissait pas. »

« Elle avait cette façon, » dit Ronnie tranquillement, « de vous faire croire qu'elle écoutait. Même quand elle ne le faisait pas. »

Annabel se tourna vers lui. « Est-ce que tu lui as parlé ? »

Il haussa les épaules. « Je lui livrais des lettres, principalement. Je me souviens des enveloppes – du papier rose, parfois parfumé à la lavande. L'un d'eux avait des paillettes à l'intérieur. Elle souriait toujours. Mais elle avait l'air... fatigué. Comme si elle savait que quelque chose allait arriver. »

***

À ce moment-là, la porte du pub s'ouvrit et un garçon entra. Mince, des baskets boueux, des cheveux bouclés, probablement dix ans tout au plus. »

« Gareth ! » Henry a appelé. « Ta grand-mère te cherche. »

Gareth l'ignora. Il repéra Annabel et se dirigea vers sa table.

« Vous êtes la professeure, n'est-ce pas ? »

Annabel hocha lentement la tête. « Je le suis. »

« Ma mère dit que tu poses des questions sur la pièce. À propos de de celle d'il y a des lustres. »

« Je le fais. Pourquoi ? »

Gareth sourit, il lui manquait une dent. « Mon père m'a raconté une histoire une fois. Quand *il* était enfant, il a vu une fille danser sur la pelouse la nuit. Tout en blanc. Il a dit qu'elle avait l'air d'un fantôme. »

Annabel cligna des yeux. « Où ? »

« Près du verger. Briarley. » Il avait l'air immensément satisfait. « Il a dit qu'elle lui avait souri et qu'elle avait ensuite disparu derrière les arbres. »

Celia leva les yeux au ciel. « Ne lui remplis pas la tête de contes de fées, Gareth. »

« Ce n'était pas un conte de fées , » a-t-il déclaré. « Papa a dit qu'elle était réelle. Il a dit que personne ne le croyait. Il a dit qu'elle s'appelait Hannah. »

***

Quand Gareth partit, Henry remplit à nouveau la tasse d'Annabel sans demander.

« Elle a fait impression, » a-t-il déclaré.

« On dirait que c'est ça. »

« Certaines personnes se souviennent trop clairement d'elle, » a-t-il ajouté. « D'autres pas du tout. C'est comme ça que vous savez qu'il y a un mensonge en dessous.

Annabel leva les yeux.

Il lui adressa un petit sourire illisible.

« Les souvenirs ne s'effacent pas comme ça d'eux-mêmes. »

Chapitre 8

La répétition s'est terminée tôt.

Les lignes étaient tombées à plat. Le rythme n'avait pas la cadence. Clarissa a affirmé qu'elle pouvait sentir une tempête dans ses articulations. Personne n'a contesté.

Theo n'a pas parlé alors que les acteurs se dispersaient. Il se tenait au bord de la pelouse, les bras croisés sur sa poitrine, fixant les arbres comme s'il s'attendait à ce que quelqu'un sorte et lui explique la journée.

Annabel l'observait de loin. Elle a pris note : *« Il y a quelque chose dans son silence maintenant – pas seulement de la*

pression. De la mémoire. »

✳✳✳

Au crépuscule, le domaine s'était vidé, à l'exception du bourdonnement persistant des insectes et du murmure lent de l'herbe d'été.

Théo a marché.

Pas dans un but précis. Plutôt comme du somnambulisme.

Il ne remarqua pas la distance qu'il avait parcourue jusqu'à ce que le verger s'ouvre autour de lui, large et argenté au clair de lune. Le même verger dont le père de Gareth avait parlé autrefois.

Il y avait de la musique.

Douce. Lointaine. Vielle.

Il se retourna en fronçant les sourcils.

Ce n'était pas de la maison. C'était plus proche. Comme une radio cachée sous les feuilles. Ou un souvenir avec son propre haut-parleur.

La chanson n'était pas familière – pas exactement. Mais quelque chose à ce sujet...

Il s'arrêta.

***

Elle avait l'habitude de danser ici.

Il pouvait la voir.

Pas vraiment, mais dans la forme du vent, la lumière qui s'accumule sur l'herbe.

Pieds nus. Tournant lentement. Robe blanche attrapant la lune. Les cheveux un peu sauvages, la bouche courbée en un sourire comme si elle les avait volés aux étoiles.

Hannah.

Le souffle de Théo s'arrêta.

Il n'avait pas prononcé son nom à haute voix depuis des années.

« Elle a dansé comme si elle n'avait aucune idée que quelqu'un la regardait.

Mais je la regardais.

Et quelqu'un d'autre le faisait aussi. »

***

Il s'assit sur un banc à demi enterré, les mains tremblantes.

La musique tournait en boucle et s'estompait.

Quelque chose a changé dans son esprit – une porte verrouillée qui cliquetait.

Il se souvint des lilas.

Il se souvenait d'avoir attendu.

Il se rappela l'aspect de ses yeux cette nuit-là : non pas brillants, mais anxieux. Comment elle lui avait serré la main, une seule fois, avant de lui dire *« Je dois d'abord parler à quelqu'un. »*

Et puis...

Une voix.

Bas. Mâle. Tranchant.

Il n'avait pas vu le visage, seulement la forme. Un homme marchant entre les arbres. Hannah se retournant, la voix serrée.

« Pas maintenant. J'ai dit *non.*»

Théo avait alors détourné le regard. Un garçon de seize ans qui connaissait l'amour de la poésie, pas de la vraie vie.

Et quand il a regardé en arrière ?

Elle était partie.

***

Il se tenait debout ; Son souffle se bloqua dans sa gorge.

Sa main effleura quelque chose sur le banc à côté de lui – doux, cassant.

Une seule violette séchée.

Il la regarda fixement.

Puis il l'a entendu – une branche qui se brisait dans l'obscurité.

Il se retourna.

Rien.

Personne.

Juste le murmure des feuilles.

Mais il le sentait.

Quelqu'un était là.

Attentif.

Comme avant.

***

Tu es partie et personne n'a crié.

Pas même moi.

C'est la chose à laquelle je pense le plus. Pas le verger. Pas les rumeurs. Pas l'article de journal qui n'en était même pas un. Juste un paragraphe à côté d'une chronique sur les gagnants d'expositions canines et la hausse des prix du lait.

Tu valais plus que cela.

Tu valais plus que le silence dans lequel ils t'enveloppaient.

Ils se souviennent tous de toi différemment maintenant. Tu es comme un rêve qu'ils font à moitié semblant d'avoir eu. Certains disaient que tu étais un problème. Certains disaient que tu étais gentille. L'un d'eux dit encore aux gens que tu étais censée être célèbre. Ils utilisent ton nom comme s'il s'agissait d'une épice. Juste une pincée. Rien de trop fort.

Mais je me souviens de la fille qui dansait pieds nus sur l'herbe mouillée, même quand elle avait mal aux chevilles.

Qui sentait la violette parce qu'elle les pressait dans chaque livre. Même dans les scripts.

Qui a dit que tu ne voulais jamais être au centre de la scène, juste *entendue*.

J'ai gardé tes répliques, Hannah.

Les vraies.

Celles qu'ils ont coupées. Celles dont ils se moquaient. Celles que tu m'as chuchotées dans le noir, en pensant que peut-être l'histoire te permettrait de vivre plus longtemps si tu la réécrivais toi-même.

Je sais maintenant pourquoi tu lui as demandé d'attendre sous les lilas.

Et je sais qui y est arrivé le premier.

Alors, je les ai ramenés.

Les joueurs. Les menteurs. Ceux qui ont applaudi trop tard et pleuré trop silencieusement.

Je leur ai donné la même scène. Les mêmes lignes. Les mêmes masques.

Et maintenant, j'attends de voir qui oubliera son scénario en premier.

Ils ont tous eu vingt ans.

Mais cette fois, le dernier acte sera la vérité.

Je te le promets.

Chapitre 9

Théo ne dormait pas.

Il s'assit sur le bord de son lit jusqu'à ce que l'aube peigne des ombres sur le sol. La violette était posée sur le bureau, séchée et silencieuse. Il n'y avait plus touché.

Il n'en avait pas besoin.

Les images étaient revenues par vagues, des flashs, des sons, des fragments d'émotion qui ne ressemblaient pas aux siens.

Une ombre dans le verger.

Une voix qui n'était pas la sienne.

La façon dont les doigts d'Hannah tremblaient quand elle lui avait tendu la note.

La façon dont elle regardait par-dessus son épaule, comme si quelqu'un était toujours un pas derrière elle.

***

Au moment où il est arrivé à Briarley pour la répétition, il avait l'air... plus petit. Comme si une partie de lui n'était pas revenue de la nuit précédente.

Annabel le remarqua immédiatement.

Elle était déjà là, sirotant un café et prenant des notes, Perséphone prenant un bain de soleil sur une chaise comme une reine. Elle a regardé Théo comme un chat regardant une souris en essayant de la convaincre qu'elle n'est pas observée.

Il évita son regard.

***

Juliette a fait un échauffement, Clarissa a exigé un nouveau blocage, et la scène forestière s'est effondrée deux fois avant le déjeuner.

Theo a craqué pendant la troisième scène.

« Non, non, non – il ne s'agit pas de fleurs et d'ailes, il s'agit d' *illusion !* L'amour comme un tour. Le désir comme sortilège. Vous ne faites pas confiance à la magie. Vous vous abandonnez à elle. »

Olivia cligna des yeux. « Théo... ? »

Il recula. Il ferma les yeux.

« Prenez dix , » murmura-t-il. Et a quitté la pelouse.

***

Annabel le trouva près de la tente, faisant les cents pas comme s'il essayait de distancer une pensée.

« Tu te souviens de quelque chose, » a-t-elle dit.

Il ne la regarda pas.

« C'est flou , » a-t-il admis. « Mais je l'ai vue ce soir-là. Pas seulement dans le verger. Plus tôt. Elle était nerveuse. Pas vraiment effrayée. Plutôt comme... tendue. Comme si elle retenait quelque chose. »

Annabel attendit.

« Elle m'a donné une note. Elle m'a dit d'attendre. Elle a dit qu'elle devait d'abord rencontrer quelqu'un. Je pensais que c'était à propos d'un petit ami ou quelque chose comme ça. J'avais seize ans, je pensais que tout était une question de romance. »

Il s'arrêta.

« Mais j'ai entendu quelque chose. Après qu'elle m'ait quitté. Dans les arbres. Une voix d'homme. Bas. Fâché. Je n'y ai pas pensé à ce moment-là. Je ne *voulais* pas y penser. »

Il se tourna vers elle, les yeux fatigués.

« Je crois que j'ai vu la dernière personne qui lui a parlé. »

***

Ils se turent tous les deux lorsque Victor Lang, le technicien d'éclairage, apparut de derrière la tente.

Pantalon en velours côtelé. Toujours légèrement en décalage avec le reste du groupe.

Il hocha poliment la tête, mais Théo se raidit.

Annabel l'a enregistré.

Victor s'arrêta. « Quelque chose ne va pas ? »

Théo secoua la tête trop rapidement. « Non. Juste fatigué. »

Victor regarda Annabel. « Je me souviens de vous depuis le premier jour, » a-t-il dit. «Vous avez posé une question sur le spectacle de 2003. Je pensais que personne ne s'en souciait encore. »

Annabel offrit un sourire. « L'histoire a l'habitude de se répéter. »

Victor sourit en retour, mais il n'atteignit pas ses yeux.

Il s'est éloigné.

Théo expira.

« C'est peut-être sa voix que j'ai entendue. Ou quelqu'un qui avait une voix comme lui. »

***

Ce soir-là, Annabel était assise dans sa cuisine à Honeystone Cottage, relisant son carnet. Elle traça une ligne entre le nom d'Hannah et celui de Théo. Puis un autre, vers celui de Victor.

Perséphone miaula une fois. Elle regarda vers la fenêtre.

Annabel se leva.

Dehors, sur le rebord, il y avait une autre violette.

Fraîche.

Cette fois, il n'y avait pas de note.

Elle ouvrit la fenêtre.

Et elles regardaient dans le noir, écoutant.

Mais la nuit a été aussi calme qu'une scène avant le lever du rideau.

Chapitre 10

Theo n'est pas arrivé pour la répétition.

Au début, cela ne semblait pas inhabituel. Il était souvent en retard, souvent de mauvaise humeur et toujours dispersé.

Mais à dix heures et demie, les acteurs avaient commencé à bourdonner. Clarissa faisait les cents pas. Olivia n'arrêtait pas de vérifier son téléphone. Jasper avait déjà suggéré de mettre en scène une rébellion et de former un collectif de théâtre coopératif sans lui.

Annabel ne dit rien.

Elle regarda simplement vers le verger.

***

Elle lui a envoyé deux textos. Pas de réponse.

Elle a appelé. L'appel est parti directement à la messagerie vocale.

À onze heures, les chuchotements s'étaient répandus du green à la tente d'accessoires jusqu'aux marches du Lièvre et du limier. À midi, même Bernard l'avait entendu.

« Il n'a jamais manqué une répétition auparavant, » murmura Clarissa. « Pas même le jour où Juliette a menacé de lancer une bombe fumigène sur Olivia. »

Henry, qui versait du cidre pour deux membres de l'institut des femmes, se pencha de l'autre côté du bar vers Annabel.

« Il n'est pas venu pour le petit-déjeuner. Il a généralement du pain grillé. Il restait silencieux, comme s'il essayait de se dissoudre dedans. »

Annabel hocha la tête. « Il ne répond pas à son téléphone. »

« Devrions-nous nous inquiéter ? » Demanda Celia à haute voix depuis une table d'angle. « Ou est-ce que cela fait partie de toute cette histoire de *« l'art en tant que souffrance »*? »

Annabel se leva. « Je pense qu'il est temps que quelqu'un vérifie le domaine. »

***

La gouvernante de Briarley était polie, quoique qu'un peu confuse.

La chambre de Théo était intacte depuis la nuit précédente.

Le lit était défait. Une tasse à moitié pleine sur la table de chevet. Son cartable toujours sur la chaise.

Son téléphone n'était pas là. Théo non plus.

Une brise légère avait soufflé les rideaux des fenêtres. Sur le bureau se trouvait une chose, et une seule chose.

Une seule feuille de papier.

Annabel s'approcha. Ce n'était pas une note. Pas une page de script. Pas même lié au théâtre.

Juste une phrase, dans un script soigné.

« Elle a dit qu'elle me retrouverait sous les lilas. »

Annabel expira lentement. Les mots n'étaient pas faits pour elle. Mais ils ont été laissés pour quelqu'un.

***

Le soir, les acteurs étaient devenus agités.

Juliet a affirmé que Théo « faisait un numéro de disparition méthodique ».

Olivia ne parlait pas.

Victor était... attentif.

Annabel se tenait juste à l'extérieur de la tente de répétition, écoutant Clarissa tenter un discours sur « le professionnalisme face au léger chaos ».

Elle n'est pas rentrée chez elle ce soir-là.

Au lieu de cela, elle retourna au verger. Seule.

Les arbres bruissaient faiblement.

La lune s'est levée, comme un œil.

Et au loin, près du bosquet de lilas, elle vit quelque chose de blanc flotter dans l'obscurité.

Un bout de tissu.

Ou un souvenir.

Elle ne s'est pas approchée.

Pas encore.

Chapitre 11

Au matin, les chuchotements au sujet de Théo avaient poussé des dents.

Clarissa était déjà en train de rédiger un communiqué de presse («Il a... tendances artistiques. Fragilité émotionnelle. Nous sommes à ses côtés.

Juliette avait suggéré de reporter les répétitions jusqu'à ce que « nous trouvions le corps – je veux dire, le trouver ».

Annabel ne parla pas.

Elle fit sa sacoche. Elle remplit le bol de Perséphone. Et elle est allée droit sur la place du village comme une femme avec une liste de courses et un meurtre dans les yeux.

***

Elle a trouvé Victor Lang sur le côté du plateau, en train de bricoler un système d'éclairage qui n'avait pas besoin d'être réparé.

« Victor , » dit-elle, la voix égale. « Depuis combien de temps connaissez-vous Théo ? »

Il hésita. « Depuis que... 2003. Nous nous sommes rencontrés pendant la production originale. »

« Vous étiez là quand Hannah y était. »

Sa bouche se contracta.

« Vous vous souvenez d'elle ? »

« Tout le monde se souvient d'elle. »

« Ce n'est pas ce que j'ai demandé. »

Il posa ses outils. »Elle était... intense. D'une certaine manière, les gens ont pris cela pour de la confiance. Mais elle avait peur. Je l'ai vu. »

« Lui avez-vous jamais parlé cette nuit-là ? »

« Non. »

Trop vite.

Annabel inclina la tête. « Avez-vous entendu quelque chose ? »

« Je suis rentré tôt à la maison. »

Un autre mensonge.

« Je pense que Theo s'est souvenu de ta voix. »

Les yeux de Victor se posèrent sur les siens.

Elle ne dit rien de plus.

Il se retourna et s'éloigna.

***

Annabel acheta une tarte aux framboises dont elle ne voulait pas et s'appuya sur le comptoir de la boulangerie de Bea Simmons.

« Connaissiez-vous Hannah ? » demanda-t-elle à Mme Gilchrist qui servait les clients.

Mme Gilchrist, sans même cligner des yeux, a dit : « Elle commandait des tartes au citron et disait toujours merci. C'est plus de manières que certains. »

« Les gens disaient qu'elle était un problème. Elle faisait ressentir des choses aux gens. C'est ce qu'ils voulaient dire. »

Annabel hocha la tête.

« L'aviez-vous vue après cette dernière répétition ? »

« Non. Mais mon mari m'avait dit qu'il avait entendu des cris. Près du verger. »

« De qui ? »

« Il ne me l'avait jamais dit. »

Elle s'arrêta. «Mais il avait arrêté d'y aller après ça. Il a dit que cela semblait... mal. »

***

Ronnie, le facteur, lui tendit une pile de lettres destinées à la porte d'à côté. « Vous poursuivez les ombres, professeure. »

« Les ombres ne laissent pas de violettes sur le rebord de ma fenêtre. »

Il s'arrêta. « Hannah avait l'habitude de s'envoyer des lettres à elle-même. »

Annabel cligna des yeux. « Quoi ? »

« Elle m'a dit que cela l'aidait. Écrire ce qu'elle voulait que quelqu'un lui dise et l'envoyer par la poste. Elle avait dit que cela lui avait fait sentir... moins oubliée. »

Il se gratta la tête. « Je ne pense pas qu'elles ne soient jamais arrivées, cependant. »

***

Annabel s'arrêta dans le hall de l'Institut des femmes sur le chemin du retour vers Briarley. La porte était ouverte et l'odeur chaude du vieux tissu, du thé faible et du vernis à la lavande s'enroulait comme un souvenir.

À l'intérieur, une femme se tenait à une longue table, pliant des costumes de scène dans des boîtes soigneusement étiquetées. Elle portait un cardigan de la couleur de la farine d'avoine et avait une écharpe enroulée autour de son cou, même s'il ne faisait pas froid. Ses cheveux étaient épinglés, ses mouvements prudents.

« Bonjour, » dit Annabel doucement.

La femme leva les yeux. Son visage lui était familier, mais Annabel ne pouvait pas comprendre pourquoi. Au début de la quarantaine, peut-être. Des yeux calmes. Vigilants, mais gentils.

« Vous êtes la professeure, » a dit la femme, ce qui n'était pas tout à fait une question.

« Je le suis. Vous aidez à la pièce ?

La femme hocha la tête une fois. »Juste les costumes. Trier les anciens. Certains datent de la dernière fois. »

Annabel inclina la tête. « Vous avez participé à la production originale ? »

« Un peu. » Son sourire vacilla. « J'ai fait des petits boulots. La plupart du temps un travail calme. J'étais jeune. »

Elle plia un morceau de soie avec un soin particulier. Il était violet, profond et doux, avec de légères broderies au col.

« Connaissiez-vous Hannah ? » demanda Annabel.

Les mains de la femme s'arrêtèrent. Juste une seconde. À peine perceptible.

«Elle était très... mémorable. »

Annabel attendit, mais il n'y en eut plus.

Au bout d'un moment, la femme leva les yeux. « Il vaut mieux laisser certaines histoires dans la loge , » a-t-elle déclaré. « Sans vouloir vous offenser. »

« Aucune offense prise. »

La femme sourit à nouveau, plus petite cette fois. « Désolée. Le thé est devenu froid. Je devrais finir ça. »

Elle partit par l'arrière, silencieuse comme une pensée.

***

Annabel partit seule vers le hangar de stockage derrière Briarley en fin d'après-midi.

Il était encombré de décors, d'accessoires, d'arcades à moitié construites et de vieilles boîtes à scripts.

Elle en a ouvert une datée de 2003.

Poussière. Pages enroulées. Enveloppes tachées d'encre.

Et là, pliée à l'intérieur d'un corsage de costume : une lettre.

Scellée. Cire violette.

Initiales : H.R.

Pas celles de Theo.

Pas celles de Victor.

Pas de quelqu'un dont elle avait entendu parler.

Elle l'ouvrit.

« Retrouvez-moi sous les lilas. S'il vous plaît. Je ne peux pas partir tant que je ne connais pas la vérité.

— H

***

Annabel expira lentement.

Elle regarda à travers le domaine. Les arbres étaient silencieux.

Mais les secrets ?

Ils commençaient enfin à parler.

Chapitre 12

Elle s'assit à la table de la cuisine, une tasse de thé refroidissant à côté de son cahier.

Perséphone perchée sur le rebord de la fenêtre, la queue tremblante, les yeux fixés sur quelque chose qu'Annabel ne pouvait pas voir.

« Tu es tendue, » dit Annabel.

Perséphone hocha l'oreille, peu impressionnée.

Evie apparut dans l'embrasure de la porte, tenant une tranche de pain grillé et une expression à mi-chemin entre l'inquiétude et le défi.

« Tu as ce regard, » a-t-elle dit.

« Quel regard ? »

« Le regard 'Je suis sur le point de renverser le mensonge parfaitement arrangé de quelqu'un'. »

Annabel sourit à moitié. « C'est un bon matin pour la vérité. »

Evie s'assit. « Tu penses à Hannah de nouveau. »

« Elle a tout laissé derrière elle. »

« Ou quelqu'un l'a laissé derrière pour elle. »

Cela fit réfléchir Annabel. Puis : « Quoi qu'il en soit, il est toujours là. Je vais regarder. »

Perséphone miaula, court et aigu.

Evie hocha la tête en direction de la chatte. « C'est de l'approbation. Ou une menace. C'est difficile à dire. »

***

Le hangar des accessoires sentait la poussière, la peinture et le silence.

Annabel se tenait juste à l'intérieur de la porte, les yeux s'adaptant à la faible lumière qui fendait les lattes de bois déformées. Derrière elle, la brise d'été agitait le bord d'une toile de fond fissurée – une forêt peinte, maintenant fanée. Onirique. Irréelle.

Un peu comme les histoires qu'elle avait entendues toute la journée.

Perséphone, bien sûr, l'avait suivie.

Elle franchit le seuil du hangar comme une sentinelle, la queue haute, les yeux plissés, refusant d'entrer.

Annabel lui jeta un coup d'œil. « De mauvais souvenirs ? »

La chatte s'assit, enroula sa queue autour de ses pattes et regarda directement la valise.

Annabel l'ouvrit quand même.

***

Elle avait demandé à cinq personnes où Hannah était allée après la fin de la pièce en 2003.

Personne ne pouvait être d'accord.

« De retour en Irlande, je pense. »

« Paris. Elle avait un cousin là-bas. »

«Brighton. Peut-être ? »

« Quelqu'un a dit qu'elle avait un homme qui l'attendait en Espagne. »

Aucun d'eux n'a pu nommer le cousin.

Pas un ne pouvait se rappeler ce que portait Hannah le dernier jour où elle a été vue.

Mais tous l'ont dit avec certitude.

Comme si cette certitude leur avait été donnée.

Enveloppée dans un ruban.

Étiquetée : *« Nous ne parlons pas de cela. »*

Annabel passa sa main le long d'une étagère jusqu'à ce que ses doigts effleurent la toile.

Une valise.

Vielle, verte pâle, avec un coin effiloché. Elle s'accroupit, défit le loquet.

À l'intérieur, tout était plié.

Délicatement. Avec précision.

Un chemisier en coton blanc. Chaussures de scène à bouts éraflés. Une écharpe violette. Un miroir enveloppé dans un torchon. Une petite bouteille de parfum à moitié pleine. Annabel la souleva. La déboucha. Le parfum des violettes se propagea dans l'air.

***

Elle s'assit sur ses talons, le cœur stable, la fureur froide et silencieuse.

Si Hannah s'était enfuie, elle l'aurait emportée avec elle.

Elle aurait fait ses bagages à la hâte. Ou pas du tout.

Mais ce n'était pas de l'abandon.

C'était une pause qui ne s'est jamais arrêtée.

***

Il y avait un script caché dans la serviette du miroir.

Un post-it s'accrochait toujours à l'arrière.

«N'oubliez pas vos répliques. Ou ils vous réécriront. »

Son écriture.

Vif, plongeant et vivant.

Annabel expira.

« Elle n'est pas partie. »

« Elle a été effacée. »

***

De retour au pub, Celia régalait quelques habitants avec une autre version du conte d'Hannah, la fugueuse ce soir-là.

Annabel posa l'écharpe au centre de leur table.

« Elle a quitté ça , » a-t-elle dit, la voix calme. »Et tout le reste. Plié. Propre. Valise pleine à craquer. »

Celia cligna des yeux. « Alors ? »

« Si elle allait à Paris, ou à Brighton, ou même à la lune, ne pensez-vous pas qu'elle aurait pris ses souliers ? »

Personne n'a répondu.

Annabel se pencha légèrement.

« Vous dites tous qu'elle est partie. Alors, dites-moi : où est-elle allée ? »

Personne n'a pu répondre.

Le silence était la chose la plus bruyante dans la pièce.

***

Plus tard dans la soirée, à Honeystone Cottage, Evie lui a versé un verre de vin.

« Vous l'avez trouvée. »

«Soigneusement emballé. Comme si quelqu'un s'attendait à ce qu'elle revienne. »

« Et quand elle ne l'a pas fait ? »

Annabel regarda Perséphone, qui piaffait délicatement sur l'écharpe sur la table.

« Ils ont aussi emballé son histoire. »

Chapitre 13

Tout avait commencé avec la musique.

Quelques notes douces, flottant au gré de la brise comme un parfum.

Theo avait suivi le son, pensant que quelqu'un avait laissé un haut-parleur allumé – l'idée d'un réalisateur de créer une ambiance. Mais la musique n'était pas bonne. Pas de l'émission actuelle. C'était *la leur. En 2003.*

Un morceau qu'Hannah avait l'habitude de fredonner quand elle était nerveuse.

La peau de Théo était devenue froide alors que l'air de la nuit restait chaud. Il avait franchi le bord du green de répétition, descendant le chemin en pente vers le verger.

Et puis le monde a changé.

Un pas derrière lui.

Le parfum de la violette.

Une voix – basse, inconnue. Ou l'était-elle ?

« Tu aurais dû oublier. »

Quelque chose frappa l'arrière de sa tête.

Et tout s'est transformé en silence.

***

Maintenant, il se réveilla dans l'obscurité.

Pas dans l'obscurité totale, il y avait de la lumière, quelque part. Une fissure sous une porte ? Un éclat à travers les planches ?

Il s'assit lentement. L'arrière de sa tête palpitait.

Sol en béton. Poutres en bois. Air humide. Une ancienne cave à vin ? Un sous-sol ?

Son cœur battait la chamade.

Il n'était pas attaché. Pas encore.

Son téléphone avait disparu.

Pas de fenêtres. Pas de son.

Il se leva, se balança légèrement, et vérifia la porte. Verrouillée.

Il y colla son oreille. Rien.

Sauf... des bruits de pas, quelque part au-dessus. Lents. Délibérés.

***

Son pouls rugissait.

Hannah.

Sa voix. Cette nuit-là.

« Retrouve-moi sous les lilas. »

Il avait attendu. Il l'avait regardée s'éloigner.

Il avait entendu une voix. Pas la sienne. Pas douce.

Fâchée. Mâle. Familière.

Victor ? Non.

Jasper ? Peut-être.

Quelqu'un de plus âgé ?

Il n'avait jamais repensé à cette nuit-là.

Il s'était convaincu que cela n'avait pas d'importance.

Mais maintenant...

Maintenant, il était enfermé sous terre et quelqu'un avait de nouveau fait en sorte que cela ait de l'importance.

***

Théo s'accroupit dans un coin. Il ramena ses genoux contre sa poitrine.

Pas seulement la peur.

Culpabilité.

Il avait oublié. Pas exprès. Pas cruellement.

Juste... en sécurité.

Et maintenant, la vérité l'avait rattrapé.

Peut-être qu'Hannah n'était jamais partie.

Peut-être que quelqu'un s'était assuré *qu'elle ne pouvait pas.*

Et peut-être que ce même quelqu'un venait de lui faire la même promesse.

« Tu aurais dû oublier. »

***

Vingt ans.

C'est le temps qu'il est resté silencieux.

Assez longtemps pour que les gens oublient la forme de sa voix. Assez longtemps pour que les mensonges se déposent comme de la poussière sur une scène inutilisée.

Et maintenant, ils veulent tout refaire.

Le même jeu. Les mêmes lignes.

Mais cette fois-ci... Ils n'arrêtent pas de dire son nom comme si c'était sacré. Comme si elle était la victime.

Hannah.

Hannah, qui riait trop fort.

Hannah, qui regardait tout le monde comme si elle voyait à travers eux.

Hannah, qui était censée partir.

Mais elle ne l'avait pas fait.

Elle avait compliqué les choses.

Et maintenant, Théo, de tous les gens – le petit Théo, qui comprenait à peine ce qu'il voyait – commence à se souvenir.

Il attendait sous les lilas. C'est tout ce qu'il était censé faire. Attendez.

Mais ensuite, il a parlé.

Et maintenant, Annabel – avec ses cahiers, sa chatte et ses maudites questions – s'attaque à des fils qui n'ont jamais été destinés à être tirés.

Ils ne devraient pas jouer ce jeu.

Ils ne devraient pas parler d'elle.

Parce que la dernière fois qu'ils l'ont fait...

Quelqu'un est mort.

Chapitre 14

Annabel regarda de nouveau l'enveloppe.

Le sceau de cire s'était fissuré quand elle l'avait ouverte, la cire violette n'était plus qu'une légère tache sur le papier.

Les initiales étaient encore claires : H.R.

Pas de nom de famille. Pas d'adresse. Juste un message court et urgent et une signature qui ressemblait à un fantôme respirant dans le temps.

Elle avait vérifié deux fois la liste des acteurs de 2003. Pas de H.R.

Pas parmi les protagonistes. Pas dans les coulisses. Pas l'équipage.

Alors, qui l'a écrit ?

Ou plutôt... Pour qui Hannah l'avait-t-elle écrite ?

***

Evie planait dans la cuisine, mordant le coin d'un biscuit. »Pourrait-il s'agir de son vrai nom ? Peut-être qu'Hannah était courte pour quelque chose ?

Annabel secoua la tête. « Tout le monde la connaissait sous le nom d'Hannah. Même Theo. Elle n'aurait pas signé une note privée avec des initiales que personne n'aurait utilisées. »

Evie leva un sourcil. «Donc, c'est quelqu'un d'autre. Quelqu'un d'assez important pour qu'Hannah n'ait pas écrit son nom complet. Quelqu'un *qu'elle ne voulait pas être découvert.* »

Sur le rebord de la fenêtre, Perséphone éternua bruyamment, comme pour dire *enfin que vous rattrapiez votre retard.*

***

Le registre du village était conservé dans une armoire derrière le bureau du greffier du bureau paroissial. Ça sentait le parchemin, la moisissure et les secrets mal classés.

Annabel a feuilleté les entrées de 2003.

Quelques noms lui ont sauté aux yeux : des naissances, des décès, un mariage ou deux.

Et puis, niché au bas d'une page du milieu de l'été :

« Harriet Rowe - Invitée temporaire de Briarley Estate, bénévole, assistante de scène. »

Annabel entoura le nom.

H.R.

Pas de casting. Pas l'équipage. Pas de souvenir.

Oublié... délibérément?

***

Mme Gilchrist était à sa place habituelle de la boulangerie quand Annabel revint.

« Harriet Rowe , » a dit Annabel.

La femme plus âgée leva les yeux de ses mots croisés. »Ce nom est un casse-tête. Je ne l'ai pas entendu depuis des années. »

« Elle aidait à la pièce en 2003. Elle s'était inscrite comme volontaire. »

Mme Gilchrist fit la grimace. «Fille tranquille. Elle n'a jamais dit grand-chose. Elle portait du marron comme s'il s'agissait d'un uniforme. Mais elle suivait Hannah partout comme une lune en orbite autour du soleil. Amoureuse d'elle, probablement. »

Annabel cligna des yeux. « Savez-vous ce qui lui est arrivé ? »

Mme Gilchrist haussa les épaules. « Elle est partie le lendemain de la disparition d'Hannah. Pas d'au revoir. Juste partie. »

***

Ce soir-là, Annabel était assise, son cahier ouvert, le nom d'Harriet Rowe revenait encore et encore.

H.R. était ici.

H.R. a suivi Hannah.

H.R. a disparu le lendemain.

Perséphone sauta sur la table et piaffa une feuille de papier volante.

En dessous, il y avait une photo, qu'Annabel avait prise dans les archives du programme.

Le casting de 2003, flou, ensoleillé, heureux.

Mais en arrière-plan, juste derrière l'épaule d'Hannah... Une jeune femme en brun.

Attentive.

Expression impassible.

Chapitre 15

Clarissa Fairmont tenait l'écharpe entre deux doigts comme si elle était faite de moisissure et de regret.

« Elle portait toujours du violet , » a-t-elle dit. « Même quand ça s'est heurté. »

Elle n'a pas mentionné la fois où elle a dit à Hannah que le maquillage de scène n'était pas suffisant pour « couvrir ce visage construit pour ruiner les hommes ». Elle n'a pas mentionné comment Hannah avait ri. Ou comment Clarissa avait jeté le pinceau à fard à joues contre le miroir après son départ.

Maintenant, elle regardait l'écharpe comme si elle avait poussé des dents.

« Elle n'était pas faite pour Titania, vous savez. Trop molle. Trop... sincère. »

Elle le laissa tomber sur la table et s'éloigna.

***

Jasper mélangea du sucre dans son café comme s'il en avait besoin pour se noyer.

« Elle avait une façon de vous faire sentir comme le centre de quelque chose , » a-t-il déclaré. « Même si vous ne l'étiez pas. »

Il se souvint de la garden-party. Hannah en blanc, se balançant sur une musique que personne d'autre n'a entendue. Harriet Rowe assise sur le banc à proximité, la regardant comme si sa vie en dépendait.

Il avait souri à Hannah.

Il n'avait jamais remarqué le départ d'Harriet.

Jusqu'au lendemain, quand aucune d'elles n'étaient revenues.

***

Kitty Simmons avait toujours le collier.

Hannah l'avait laissée dans la loge une nuit – une petite chose argentée avec une perle de verre au centre. Kitty avait eu l'intention de le rendre.

Puis le lendemain, elle était partie.

Kitty ne l'a jamais portée. Mais elle ne l'a jamais jeté.

Maintenant, elle le tenait dans sa paume et se demandait, pour la millième fois, si *cette nuit-là* n'était pas celle où elle avait commis sa pire erreur.

Ne pas voir.

Ne pas s'arrêter.

Ou en voyant... et en marchant dans l'autre sens.

***

Juliet Hayes n'avait pas connu Hannah.

Mais elle savait ce que c'était que d'avoir les yeux sur vous tout le temps. Des yeux qui jugeaient. Des yeux qui s'attardèrent.

Elle regardait Annabel se déplacer sur la scène comme une détective en ballerine. Elle avait vu les anciens acteurs pâlir chaque fois qu'une nouvelle question était posée.

Elle pensa à quel point il serait facile d'aimer quelqu'un comme Hannah.

Et combien il aurait été plus facile de la haïr.

***

Le tueur était assis au bord de la rivière juste après le crépuscule, tenant la photo entre ses doigts tremblants.

Harriet. Hannah. Tous les deux souriantes.

Ni l'une ni l'autre ne regardait la caméra.

Le tueur a tenu la photo au-dessus du briquet pendant une seconde de trop.

« Je croyais que c'était fini, » murmura-t-il.

« Je pensais que j'avais enterré cela avec elle. »

La flamme a enroulé les limites de la mémoire.

Mais la culpabilité ? Elle n'a pas brûlé.

Chapitre 16

Annabel n'est pas retournée au domaine tout de suite.

Au lieu de cela, elle prit le long chemin autour du village, carnet de notes sous le bras, Perséphone la suivant à un rythme paresseux comme une petite ombre avec des opinions.

Elle n'était pas sûre de ce qu'elle cherchait.

Mais elle connaissait ce sentiment, le murmure d'une pensée qui ne resterait pas immobile.

***

Les archives de la salle paroissiale étaient poussiéreuses et trop organisées. Le vicaire avait insisté pour que tout soit préservé après que la dernière alerte d'incendie ait faussement alarmé les pompiers et ait presque détruit l'ancien mur photo au bulldozer.

Annabel passa ses doigts le long des rangées de boîtes étiquetées jusqu'à ce qu'elle le trouve :

« 2003 – Événements d'été – Briarley. »

Elle s'assit en tailleur sur le sol, Perséphone se recroquevillant à proximité, et commença à feuilleter les photos.

Garden-parties. Répétitions. Soirées pub. Dîners de casting. Chaos de la scène.

Et puis...

Une grande photo de groupe de la distribution sur la pelouse.

Hannah, au centre. Riante. Les bras drapés sur deux jeunes acteurs, les cheveux sauvages, le foulard violet autour du cou.

Et juste derrière elle, presque caché par les arbres...

Une fille. Mince.

Attentive.

Pull marron. Les yeux fixés sur Hannah. Elle ne souriait pas.

Ne fait pas partie du groupe. Elle était juste... là.

***

Annabel retint son souffle.

Elle se pencha de plus près. Le visage était plus jeune. Douce. Mais familière.

La femme de l'institut des femmes.

Celle qui pliait les costumes.

Celle qui avait dit : *« Il vaut mieux laisser certaines histoires dans la loge. »*

Elle y était.

Pas seulement dans le village. Au cœur de celle-ci.

***

Elle retourna la photo.

Trois noms étaient écrits à l'encre délavée.

« Hannah M., Jasper W., Clarissa F. »

Puis grattant légèrement le dessous dans un autre stylo :

« H.R. »

***

Annabel regarda fixement les initiales.

Son pouls ralentit.

Tout s'est affûté.

Elle n'a pas oublié Hannah.

Elle ne l'a jamais quittée.

Chapitre 17

Annabel avait à peine rangé la photo dans son carnet quand on frappa.

Evie se tenait à la porte, essoufflée, les joues roses.

« Ne change pas de vêtements, » a-t-elle dit. « Viens maintenant. »

***

La gare était fermée depuis une décennie, mais le quai s'affaissait toujours dans son carré de mauvaises herbes, comme s'il attendait quelque chose qu'il savait ne viendrait jamais.

Annabel et Evie y sont arrivées en vingt minutes chrono.

« Theo était là , » a déclaré Evie. »Ronnie a dit que Mme Gilchrist avait vu quelqu'un. Grand, mince, plein d'allure. Il avait l'air 'perturbé'. C'est le mot qu'elle a utilisé. »

Annabel scruta l'espace. Pas de Théo. Pas de mouvement.

Juste le silence. Et le bruissement des feuilles sèches où un banc s'était effondré sur lui-même.

***

Elle marcha lentement sur l'estrade. Puis elle l'a vu.

Sur le bord du banc, à moitié caché dans les herbes : un morceau de papier déchiré.

Elle s'accroupit.

Pas un reçu. Pas de détritus.

Une page de script déchirée.

Vielle. Fanée.

Lignes dactylographiées et blocages manuscrits.

Taché par endroits.

Elle retint son souffle lorsqu'elle reconnut le jeu.

Celui de 2003.

Et dans les marges, griffonnée de la main d'Hannah – le « H » incurvé est maintenant reconnaissable entre tous – une seule phrase :

« Il a dit qu'il me protégerait. »

« Mais il a menti. »

***

« Annabel ? »

Evie la regardait, les sourcils froncés.

« Aucun signe de lui , » dit Annabel, la voix douce.

Elle se leva, le papier à la main. Ses yeux ne quittèrent pas la plate-forme.

« S'il était ici, a-t-elle ajouté, je ne pense pas qu'il était seul. »

***

De retour au village, la salle de l'institut des femmes était fermée à clé.

Les costumes avaient disparu.

L'écharpe avait disparu.

Le parfum de violette ? Faible.

Presque parti.

Mais pas tout à fait.

Harriet Rowe n'était pas là.

Et le banc à la gare ?

Peut-être aurait-il accueilli Theo.

Peut-être aurait-il accueilli quelqu'un d'autre.

Mais qui qu'ils soient...

Ils avaient le scénario d'Hannah.

Chapitre 18

Annabel n'a pas dit un mot quand elle est revenue de la gare.

Elle posa simplement la page de script déchirée sur la table à côté de son thé, regarda Perséphone la renifler avec dédain et dit doucement :

« Ils deviennent négligents. »

***

Le lendemain matin, elle traversa la tente de répétition, son carnet à la main, les cheveux épinglés avec une précision chirurgicale.

Elle sourit à Juliette. Remercia Victor d'avoir réparé les projecteurs. Il hocha la tête à Clarissa comme si tout allait bien.

Et puis elle a dit, assez fort pour être entendue :

«Je pense qu'il est temps que nous jouions la scène finale. Celle de 2003. »

Silence. « Juste pour nous, » a-t-elle ajouté. »Une scène privée. En hommage à Théo et à Hannah. »

La mâchoire de Clarissa se contracta. Jasper regarda le sol.

Même Olivia, qui ne connaissait pas la moitié de l'histoire, avait soudain l'air d'avoir avalé sa propre langue.

***

Elle a attribué les rôles avec soin.

La part de Theo à Jasper.

Le rôle d'Hannah à Juliette.

Tous les autres membres de la distribution jouaient dans les costumes qu'ils portaient il y a vingt ans – ou le plus proche qu'Annabel a pu trouver.

Evie l'a regardé se dérouler avec de grands yeux.

« Tu n'es pas vraiment en train de mettre en scène une scène commémorative, » a-t-elle déclaré plus tard, alors qu'elle préparait des sandwichs à Honeystone Cottage.

« Je mets en scène une cocotte-minute , » a répondu Annabel.

Cet après-midi-là, elle est retournée à l'institut des femmes.

La porte arrière était ouverte. Les boîtes de costumes avaient disparu. La pièce sentait faiblement la poussière et les violettes.

Une écharpe – pas celle d'Hannah, mais similaire – était drapée sur le dossier d'une chaise.

Elle le toucha, puis ouvrit son cahier et écrivit :

« Elle cherche toujours. »

Ce soir-là, elle a épinglé l'annonce finale de la répétition sur le tableau du pub.

Lecture de la scène finale

Distribution uniquement. Briarley. Samedi soir.

En dessous, elle a écrit :

« Pas de masques cette fois. »

Chapitre 19

Briarley ne s'était jamais senti aussi silencieux.

La salle de lecture sentait légèrement la poussière, le vernis à la lavande et les nerfs.

Les chaises étaient disposées en cercle.

Des scripts ont été placés sur chaque siège – des copies de la scène finale de la production de 2003.

Celle que personne ne se souvenait avoir terminé.

Celle qu'Hannah n'a jamais eu l'occasion d'interpréter.

Juliette entra la première, les yeux écarquillés. Clarissa la suivit, marmonnant déjà à propos de l'éclairage. Jasper riait trop fort pour un rien.

Kitty avait l'air pâle.

Victor ne parla pas.

Harriet... n'était pas là. Mais Annabel n'a pas été surprise.

Malgré tout.

***

Elle se tenait à l'avant, les mains jointes.

« C'est un hommage , » a-t-elle déclaré.

« À Théo, qui a disparu. À Hannah, dont on se souvient. À la mémoire, qui a parfois besoin d'aide. »

« Pas de public. Pas de direction. Juste la vérité. »

Les acteurs ont ouvert leurs scripts.

Silence.

Puis Juliette commença.

***

« Mon amour s'est évanoui dans le souffle du verger... »

« ... Et pourtant, son ombre se dresse encore devant moi. »

La voix de Clarissa s'est brisée à sa deuxième ligne.

Jasper sauta trois mots, puis revint en arrière.

Victor ne parlait pas du tout.

***

À mi-chemin, Kitty s'est levée.

« Je suis désolée , » murmura-t-elle. « Je ne peux pas faire ça. »

Annabel ne l'arrêta pas.

Parce que de l'autre côté de la pièce, quelqu'un venait de se mettre à pleurer.

Pas bruyamment.

Pas de façon théâtrale.

Juste un bruit silencieux et tremblant qui fit regarder tout le monde.

C'était Harriet.

Plus cachée.

Plus silencieuse.

Elle s'était glissée dans la pièce à mi-chemin.

Personne ne l'a remarqué.

Jusqu'à maintenant.

***

Juliette se figea. « Qui... ? »

Les yeux de Clarissa se plissèrent. « Elle m'a aidé avec les costumes. »

Harriet leva les yeux. Sa voix était à peine audible.

«Cette scène... Ce n'était pas de la fiction. C'est ce qui s'est passé. »

On pouvait sentir l'air disparaître.

Annabel s'avança, calme comme la neige.

« Harriet , » dit-elle doucement. « Voulez-vous nous dire ce qui s'est passé après qu'Hannah vous ait donné ses dernières répliques ? »

Harriet cligna des yeux.

« Je ne l'ai pas tuée. »

« Mais je sais qui l'a fait. »

Chapitre 20

« Je ne l'ai pas tuée , » répéta Harriet, plus fort cette fois.

Sa voix tremblait, mais elle restait debout.

Au centre de la salle de répétition.

Éclairé par rien d'autre qu'une seule ampoule et deux décennies de mémoire enfouie.

« Mais j'ai vu ce qui s'est passé.

J'ai vu où elle allait.

Et qui l'a suivie.

***

Annabel ne bougea pas.

Elle regarda. Elle écouta.

Elle remarqua tout : la façon dont les mains de Clarissa agrippaient les bras de sa chaise, la façon dont Victor ne regardait plus Harriet mais le sol.

« Nous venions de terminer les répétitions , » murmura Harriet.

« Elle a dit qu'elle avait besoin de parler à quelqu'un. Elle n'a pas dit qui. Juste que c'était... important. »

« Elle m'a donné une écharpe à tenir.

Et un script à porter. Elle a dit qu'elle serait de retour dans dix minutes. »

« Elle n'est jamais revenue. »

***

Juliette rompit le silence. « Pourquoi n'en avez-vous parlé à personne ? »

Harriet déglutit. « Parce que quelqu'un m'a dit de ne pas le faire. »

Tout le monde se raidit.

« Il est entré dans le vestiaire. Il a dit qu'Hannah était partie. Qu'elle a changé d'avis. Qu'elle ne reviendrait jamais. »

« Il a dit... si j'en parlais, ils penseraient que j'en suis la raison. »

« Et je l'ai cru. »

***

La pièce s'est tue.

Le visage de Clarissa était impassible.

La mâchoire de Jasper se crispa.

Victor se déplaça.

Et puis, juste au moment où Annabel ouvrait la bouche pour parler, les lumières s'éteignirent.

Obscurité totale.

Un halètement.

Un crash.

Un cri.

Puis... la voix d'Harriet.

« Il est là... ! »

Un autre crash.

Des chaises raclaient le sol.

Quelque chose de métallique est tombé – un pied d'éclairage, peut-être.

Annabel a crié : « Evie, les lumières ! »

Mais Evie n'était pas au standard.

Elle tenait Harriet dans ses bras, du sang sur la manche.

Pas trop. Mais assez.

Une égratignure. Un avertissement.

***

Le temps que les lumières se rallument, l'agresseur était parti.

Harriet restait debout, tremblante, des larmes et du sang se mêlant sur son écharpe.

Quelqu'un avait essayé de la faire taire. Et il avait échoué.

Mais à peine.

***

Dehors, dans l'ombre derrière la haie du jardin, une silhouette se tenait debout, respirant lourdement.

Attentive.

À l'écoute.

Sachant qu'elle avait attendu trop longtemps.

« Tu aurais dû te taire, Harriet. »

« Tu aurais dû la laisser rester enterrée. »

Elle a disparu entre les arbres.

***

De l'autre côté de la pelouse, dans la bibliothèque sombre de Briarley, quelqu'un d'autre observait le chaos depuis la fenêtre.

Il a plié une lettre en deux moitiés parfaites.

Papier parfumé à la violette. Une seule fleur pressée à l'intérieur.

Le bailleur de fonds.

« C'est l'heure, » murmura-t-il.

« Plus d'appels de rideau. »

Chapitre 22

Les jambes d'Harriet lâchèrent comme si la vérité avait finalement été trop lourde à porter.

Elle s'effondra dans les bras d'Evie, les yeux battants, les lèvres bougeant mais ne disant rien.

« Je l'ai eue , » dit Evie, la guidant vers le sol, prudente, douce.

Annabel tomba à genoux à côté d'eux, pressant deux doigts sur le poignet d'Harriet.

Son pouls était faible mais régulier.

« Elle ne saigne pas beaucoup , » a-t-elle dit. « C'est le choc. »

Perséphone apparut de nulle part, rôdant sur le sol comme si elle était convoquée par le drame, encerclant Harriet comme un présage de velours.

Les acteurs sont restés figés.

Certains se sentaient coupables.

Certains étaient effrayés.

Aucun d'entre eux n'a bougé pour aider.

***

« Je vais appeler le médecin, » a dit Evie en attrapant son téléphone.

Annabel hocha la tête. « J'ai besoin d'eau. Un chiffon. Quelque chose... »

« J'ai quelque chose. »

La voix venait de derrière.

***

Elle se retourna.

Un homme se tenait dans l'embrasure de la porte. Agé d'une quarantaine d'années. Impeccablement habillé. Des yeux livresques derrière de fines lunettes. Une enveloppe pliée à la main.

« Je crois , » a-t-il dit, « que nous devons parler. »

Annabel le regarda fixement. »Vous étiez au pub. Le jour où j'ai posé des questions sur la performance de 2003. »

Il sourit doucement. «J'ai été... proche. Je m'appelle Simon Deane. »

Perséphone siffla.

« Vous êtes le bailleur de fonds. »

Il ne l'a pas nié.

***

Ils s'écartèrent, juste assez loin pour qu'Annabel siffla : « Pourquoi maintenant ? Pourquoi ce soir ? »

« Parce que la mauvaise personne a parlé en premier , » a-t-il dit, la voix serrée. « J'attendais. J'ai tout planifié. Je voulais la vérité dans son intégralité, pas des fragments. »

Il lui tendit l'enveloppe.

À l'intérieur, il y avait une photo. Hannah. Riante.

Et une autre femme à côté d'elle.

Harriet.

Plus jeune.

Les yeux fixés sur Hannah comme si elle regardait le soleil.

« Je l'aimais, » a chuchoté le bailleur. « Pas comme Harriet l'a fait. Pas comme les hommes l'ont fait. Mais j'aimais qui elle était. Sa voix. Son honnêteté. Je lui ai dit de ne pas aller au verger cette nuit-là. »

« Elle ne m'a pas écouté. »

***

Annabel ouvrit la bouche, mais derrière eux, quelqu'un cria.

« Annabel ! »

Evie. Paniquée.

Ils se retournèrent.

Harriet avait disparu.

L'écharpe gisait là où elle avait été.

La porte d'entrée s'ouvrit, toujours en mouvement, comme si un fantôme l'avait poussée.

Chapitre 23

Harriet courrait.

Des branches déchiraient ses manches. Des ronces s'agrippaient à sa jupe. Le sol de la forêt se dressa à sa rencontre comme s'il avait attendu vingt ans pour son retour.

Elle n'avait pas crié.

Elle ne prenait pas de respiration.

Elle courrait simplement.

***

Quelque part derrière elle, dans le calme. Précis. Avec certitude — des pas suivaient.

Pas vite.

Mais jamais loin.

« Tu ne pouvais pas la laisser se reposer, » résonna la voix derrière elle.

« Il fallait la ramener. »

***

L'ourlet de sa robe s'accrocha à un buisson épineux. Déchiré.

Elle trébucha. Elle tomba. Elle se rattrapa avec ses mains.

La saleté remplissait ses ongles. Du sang maculait sa paume.

Elle continuait à courir.

Le chemin tournait à gauche, vers le verger.

Bien sûr que c'était le cas.

***

Simon Deane se tenait avec Annabel et Evie sur les marches de Briarley, une horreur étrange et immobile glissant sur son visage comme s'il avait dégelé pendant des années.

« Elle est en train de le rejouer , » a-t-il dit doucement. « Le soir même. Le même chemin. »

Annabel retint son souffle.

« Et quelqu'un la suit. »

***

Ils ont couru.

Evie attrapa la torche.

Simon sortit la carte du tiroir, vieille, délavée, annotée de sa propre main.

« Par ici. Le raccourci. Si nous avons de la chance... »

Annabel n'a pas attendu la chance.

Elle a sprinté.

***

La poitrine d'Harriet brûlait. Ses yeux lui piquaient. Ses jambes hurlaient.

Elle atteignit la clairière – l'endroit où elle avait vu Hannah vivante pour la dernière fois.

Le clair de lune se répandait comme un souvenir sur l'herbe.

« Elle était là , » murmura-t-elle.

« Elle m'a fait confiance. »

Un bruit derrière elle. Un pas. Trop près.

Elle se retourna.

***

« Tu aurais dû la laisser partir , » a dit la voix.

« Vous n'avez pas le droit de changer la fin. »

Une lueur métallique.

Un souffle.

Puis...

« Harriet ! »

La voix d'Annabel, fendant la nuit.

Un faisceau de lampe de poche traversait le verger.

Le tueur s'est retourné.

La lame tomba.

Et Harriet, les yeux écarquillés, s'effondra.

Pas de la blessure.

De la mémoire.

***

Simon l'atteignit le premier.

Evie a frappé le tueur avec la torche.

Pas avec le faisceau. Mais avec la poignée.

Annabel attrapa Harriet avant qu'elle ne touche le sol.

« C'était lui, » murmura Harriet. « Tout ce temps. Il m'avait dit que je l'avais imaginé. »

« Tu ne l'as pas fait, » dit Annabel.

« Plus maintenant. »

Chapitre 24

Le bureau de Briarley était silencieux.

Dehors, les arbres chuchotaient.

À l'intérieur, la vérité se pressait aux fenêtres comme une tempête qui supplie qu'on la laisse entrer.

Harriet était assise près du feu, enveloppée dans le châle d'Evie.

Simon se tenait près de la porte ; mâchoire serrée. Annabel s'assit en face de la seule personne dans la pièce qui n'avait pas parlé depuis la fin de la poursuite.

Jusqu'à maintenant.

***

« Je m'appelle Victor Lang , » a-t-il dit.

La lumière attrapa le bord de ses lunettes, mais pas ses yeux.

« J'avais vingt et un ans quand nous avions joué la pièce pour la première fois. Éclairagiste. Acteur à temps partiel. Que de l'ambition, pas de talent. Mais j'étais... autour d'elle. »

Sa voix s'est émoussée.

« Tout le monde l'était. Jasper. Clarissa. Théo la regardait comme si elle était la lune. Et Harriet... »

Il jeta un coup d'œil à travers la pièce.

«Tu n'étais qu'une enfant. Mais tu le savais. »

Harriet ne parla pas.

***

Victor a continué.

« Mais moi ? Elle m'a parlé. Elle a dit qu'elle aimait à quel point j'étais silencieux. Elle disait que j'écoutais. »

« Je pensais que cela signifiait quelque chose. » Il déglutit.

« La nuit de sa mort, je suis allé au verger parce qu'elle m'a demandé de la rencontrer. »

Tout le monde se raidit.

« Elle voulait parler, pour clarifier les choses. Elle a dit qu'elle pensait qu'elle aurait blessé quelqu'un. Jasper, peut-être.

Ou Clarissa. Elle voulait que je leur parle. Pour aider à l'adoucir. »

« J'ai dit oui. Parce que je voulais compter pour elle. »

***

Ses mains se resserrèrent en poings.

« Puis elle a dit qu'elle partait après le spectacle. Que ce n'était qu'un été pour elle. Un souvenir. Que rien de tout cela ne *signifiait* rien. »

Il leva les yeux vers Annabel.

« Je n'étais pas en colère. Pas au début. Juste... senti creux. Je l'ai suppliée de rester. Elle a ri. Pas cruellement, juste par surprise. »

« Mais ce rire... »

« Cela a brisé quelque chose. »

***

Simon parlait doucement. « Que s'est-il passé ? »

Victor hocha la tête.

« Je l'ai attrapée. Elle s'est retournée. Elle s'est éloignée. Elle a glissé. »

Il cligna des yeux.

« Elle s'est cogné la tête contre la pierre à l'orée du verger. J'ai paniqué. J'ai vérifié si elle avait une respiration. Je n'en ai trouvé aucune. J'étais figé. »

« Je ne me souvenais pas de l'avoir portée. Juste... la couvrir. Avec du tissu de la tente de costume. Je l'ai enterrée sous le lilas. Je pensais que personne ne la trouverait. »

***

Harriet murmura : « Tu m'as dit qu'elle était partie. »

« Parce que tu n'arrêterais pas de me le demander. Tu as pleuré. Tu me suivais partout. »

« Tu savais que quelque chose n'allait pas. Et j'avais besoin que tu arrêtes. »

« Alors, je t'ai dit qu'elle était partie. Qu'elle m'eût dit au revoir. Et toi... tu l'as cru. »,

Elle ferma les yeux.

La voix d'Annabel était d'acier enveloppé de glace.

« Et Théo ? »

« Il a vu quelque chose. Juste une ombre. Un aperçu de moi en train de traîner la toile. Il ne s'est même pas rendu compte que cela signifiait quoi que ce soit – pas à l'époque. Mais j'ai vu la façon dont il me regardait cet été. Il s'était souvenu. »

« Je ne lui ai pas fait de mal. Je l'ai juste enfermé. Je pensais que si je lui donnais du temps, il oublierait encore. »

***

Silence.

Même le feu semblait brûler plus doucement maintenant.

Simon s'avança.

« Pourquoi être revenu ? »

Victor le regarda.

« Parce qu'aucun d'entre nous n'est jamais parti. »

Chapitre 25

Le bureau était de nouveau silencieux. Victor avait été emmené dans le salon. Harriet se reposait. Annabel se tenait près de la porte, parlant à voix basse à Evie, faisant des plans pour libérer Theo. Mais Simon ne bougea pas.

Pas encore. Il s'assit sur la chaise où Victor s'était confessé et regarda le tapis sous ses pieds, usé jusqu'aux bords. Le même tapis d'il y a vingt ans. La même chambre. Le même air.

Et finalement, après des années de silence, il laissa les sensations l'envahir.

***

« Je lui ai dit de ne pas y aller. »

Il l'avait fait.

Il s'en souvenait maintenant. La façon dont elle lui avait souri, toujours douce, toujours avec cette petite distance derrière ses yeux – comme si elle avait déjà lu votre histoire et avait décidé que c'était gentille, mais pas la sienne.

« Ce n'est qu'une conversation, » avait-elle dit.

« Victor est confus. Il mérite un peu de clarté. »

Simon avait dit : « Alors, n'y va pas seule. »

Et elle avait ri.

« Qu'est-ce qui pourrait bien arriver ? »

***

Elle avait voulu l'aider. C'était la partie insupportable. Elle n'avait jamais voulu humilier Victor. Ou le gronder. Elle avait vraiment voulu améliorer les choses. Il aurait dû l'accompagner.

Mais il avait laissé passer le moment.

Et puis Hannah est partie.

***

Il avait vécu dans des villes après cela.

Changement de rôle. A enseigné différents cours. Mais Hannah est restée.

Dans les programmes académiques.

Dans les listes de distribution.

Dans l'espace entre les actes.

Il a commencé à collectionner les noms.

Puis les contacts.

Puis les fonds.

Pas pour écrire une pièce de théâtre.

Mais pour *revenir à la scène un instant.*

Construire la vérité dans des *décors, des monologues et des indices lumineux.*

***

« Elle comptait , » murmura-t-il à haute voix.

Pas seulement à lui.

À tous.

Même ceux qui voulaient l'oublier.

Mais l'oublier n'a jamais été une option.

Pas après cette nuit-là.

Pas après ce rire.

« Tu méritais mieux, » a-t-il dit à la chaise vide.

Et puis il s'est levé.

Il était temps de retrouver Theo.

Chapitre 26

Le hangar à accessoires grinçait comme s'il savait qu'ils arrivaient.

Annabel poussa lentement la porte, l'odeur de la sciure de bois et de l'âge frappant son nez avec une précision théâtrale. Simon le suivit, tenant la clé rouillée que Victor lui avait remise à contrecœur.

Evie, lampe de poche à la main, balaya le faisceau sur les murs jusqu'à ce qu'il atterrisse sur une trappe sous une vieille pile de toiles de fond peintes.

« C'était scellé, » a déclaré Simon.

« Nous pensions que c'était un stockage de charbon. Je n'aurais jamais imaginé... »

Il n'a pas fini sa phrase.

***

Annabel souleva le loquet. Le métal gémit.

Un escalier étroit descendait en spirale, disparaissant dans la pierre sombre.

« Reste ici , » a-t-elle dit à Evie.

Evie hocha la tête, la mâchoire serrée. « Cries si tu as besoin de moi. »

Annabel descendit la première ; Son souffle serré dans sa gorge. Simon la suivit ; ses pas prudents. La poussière s'enroulait dans l'air comme un dialogue oublié.

***

La cave était froide.

L'air était épais d'humidité et silencieux.

« Allô ? » Annabel appela.

Rien.

Puis... Une toux.

Une éraflure.

Une voix, rauque : « Allô ? »

Théo.

***

Ils l'ont trouvé blotti sur un mince matelas à côté d'un casier à vin cassé, les yeux injectés de sang, une coupure peu profonde sur la joue. Il cligna des yeux à la lumière.

« Est-ce que je rêve ? » a-t-il râlé.

Annabel se laissa tomber à côté de lui, lui attrapant la main.

« Vous ne rêvez pas. »

Simon resta figé ; La culpabilité se lisait sur chaque ligne de sa posture.

Théo cligna des yeux vers lui.

« Vous êtes le gars qui a organisé les auditions. »

La voix de Simon se brisa.

« Oui. Mais ce n'est pas le rôle que je
suis venu jouer.

***

Ils l'ont aidé à se relever.

Il était faible, mais debout.

Annabel lui offrit de l'eau. Il buvait
comme si ça faisait mal.

« Je me souvenais trop de choses, »
murmura-t-il.

« Je ne le voulais pas. Je... n'arrêtait
pas de la voir. »

« Tu as eu raison de te souvenir, » a
dit Annabel.

Il la regarda.

Et cette fois, les larmes n'étaient pas
dues à la douleur.

***

Ils montèrent les escaliers ensemble.

Théo, secouru.

Victor, démasqué.

Et Hannah ?

Toujours partie.

Mais plus oubliée.

Chapitre 27

Le lilas se dressait à la lisière du verger, fleurissant tard.

Ses racines en avaient gardé le secret pendant vingt ans.

Maintenant, ils ne retenaient plus que de l'air.

La terre avait été agitée tranquillement, respectueusement. La police avait pris ce dont elle avait besoin. Le coroner l'avait confirmé.

Mais ce n'était pas pour la paperasse. C'était pour Hannah.

***

Ils sont venus en silence.

Annabel. Simon. Harriet. Théo.

Clarissa est arrivée en noir, sans maquillage, les yeux à vif. Jasper se tenait à côté d'elle, tenant une seule page de script, tachée et pliée trop de fois.

Evie a apporté des fleurs sauvages.

Perséphone la suivit, la queue haute.

Même les villageois sont venus, regardant d'une distance respectueuse – curieux, mais respectueux.

***

Simon se tenait au centre.

Il s'éclaircit la gorge une fois, puis parla sans notes.

« Nous la connaissions tous. Différemment.

Certains d'entre nous l'aimaient.

Certains l'enviaient.

Certains l'ont mal comprise. »

« Mais nous tous... avions oublié la chose qui comptait le plus. »

« Hannah était une personne. »

«Pas une histoire. Pas une performance. Pas un fantôme. »

***

Il recula.

Harriet s'avança ensuite, tenant l'écharpe violette dans ses mains tremblantes.

« Elle m'avait fait confiance, » murmura-t-elle.

« Et je ne l'avais pas protégée. »

« Mais je la vois maintenant. Je me *souviens d*'elle.

Je ne la laisserai pas disparaître à nouveau. »

Elle a placé l'écharpe au pied de l'arbre.

***

Annabel ne parla pas.

Elle alluma simplement une petite bougie, la posa à côté de l'écharpe et ferma les yeux.

Theo a lu une réplique de la pièce –
celle qu'Hannah n'a jamais eu l'occasion
de prononcer.

« Je ne m'effacerai pas.

Je ne tomberai pas.

Je suis la ligne que tu as oublié de
terminer. »

***

Le vent se déplaçait dans le verger
comme des applaudissements.

Pas de musique. Pas de salutations.
Pas de rideau.

Juste le silence.

Et la paix.

Pour Hannah.

Pour tous.

Pour l'instant.

Épilogue

La pluie tapait doucement sur la fenêtre de la cuisine, le genre de pluie qui n'insistait pas sur le drame mais arrivait comme une ponctuation après une phrase trop longue.

Annabel remua un pot de quelque chose d'aromatique. Evie s'appuya contre le comptoir et prit une tasse de thé.

Perséphone occupait son trône habituel sur le rebord de la fenêtre ; Sa queue s'enroulait autour d'elle comme un point d'interrogation à plumes.

***

« C'est calme maintenant , » a déclaré Evie.

Annabel hocha la tête. « Presque trop silencieux. »

« Ça te manque ? »

« L'adrénaline ? » Annabel leva les yeux. « Pas particulièrement. »

« Non. La scène. Evie sourit. « Le rôle que nous avions tous joué. Même ceux qui n'ont pas auditionné. »

***

Annabel éteignit le poêle.

« Je pense que nous avons tous été choisis au moment où la pièce a été choisie. »

Elle versa le ragoût dans des bols, en glissa un à Evie. « Certains d'entre nous ne se rendaient pas compte qu'on nous avait donné des répliques. »

***

Evie sirota son thé. « Et toi ? Quel était ton rôle ? »

Annabel réfléchit un instant.

« C'est moi qui ai refusé d'improviser. Celle qui n'arrêtait pas de demander pourquoi le scénario ne correspondait pas à la vérité. »

« Eh bien, » a dit Evie. « Chaque histoire a besoin d'un narrateur qui a du cran. »

Perséphone éternua.

***

Elles mangèrent en silence pendant quelques minutes, le genre de silence qui n'exigeait pas d'être rassasié.

Puis Annabel reprit la parole.

« Je pense qu'Hannah aurait aimé la fin. »

Evie la regarda. « Même avec tout ce qui s'est passé avant ? »

Annabel haussa les épaules.

« Elle a eu le dernier mot. »

***

Perséphone sauta du rebord et s'approcha de la table. Elle fouilla une fois dans l'enveloppe qui se trouvait encore au centre – la dernière lettre de Simon. Fermé.

Evie leva un sourcil. « Vas-tu la lire un jour ? »

« Pas aujourd'hui , » dit Annabel en le ramassant. »Certaines fins... peuvent attendre. »

Elle la glissa dans le tiroir.

Le feu crépita dans l'âtre.

Dehors, la pluie a lavé les dernières feuilles de l'été.

À propos de l'auteur

Belinda écrit des mystères stratifiés où la mémoire persiste, les paysages se souviennent et le silence parle plus fort que les mots. Ses histoires glissent entre le littéraire et l'intime, à la fois suspense atmosphérique et règlement de comptes silencieux. Enraciné dans un amour pour les îles, l'histoire et les vérités cachées, son travail invite les lecteurs à s'attarder dans l'entre-deux.

Elle croit que certaines terres portent en elles l'écho de tout ce dont elles ont été témoins – chagrin, joie, trahison – et que la nostalgie d'un lieu est un type d'histoire à part entière.

Elle écrit également des histoires sincères pour enfants qui murmurent du courage dans des cœurs tranquilles. Avec des coccinelles magiques, des chênes qui sauvent des histoires et des petites filles courageuses comme Maia, Belinda espère aider les jeunes lecteurs à trouver leur propre voix et à l'utiliser avec audace.

Lorsqu'elle n'écrit pas, Belinda s'occupe de son jardin, guidée par le bruissement des feuilles, l'odeur de la terre et la compagnie tranquille de deux

chats qui semblent toujours en savoir
plus qu'ils ne le disent.

9 781997 792215